Michel Barthélémy
Billard Sirakawa

Tous les chemins mènent à ROM...

Avertissement

Si les lieux existent, ils ne sont ni peuplés des personnages entièrement imaginaires que j'y fais vivre et travailler, ni animés des évènements que je fais s'y dérouler.

Les personnes, les faits ou les objets qui ont existé ou existent réellement sont accompagnés d'une note indiquant ma source d'information.

© 2015 Michel Billard

Editeur BoD - Books on Demand

12/14 rond-point des Champs Élysées 75008 Paris

Impression BoD - Books on Demand, Allemagne

ISBN : 9782322015702

Dépôt légal : Mars 2015

Chapitre I

Spiritus ubi vult spirat sed nescis unde veniat, aut quo vadat. .

L'Esprit souffle où Il veut mais tu ne sais ni d'où Il vient ni où Il va.

Au Pensionnat Saint Grégoire de Nysse, la grande cour carrée de récréation a été partagée en deux, à la demande de certains parents d'élèves, par un mur pour protéger ceux qui suivent l'enseignement général, donc noble, pensent-ils, des ballots condamnés à la filière technique.

De grands marronniers, souvenir du temps où la cour était une forêt, sous lesquels les élèves qui n'avaient pas de petites boîtes à jeux électroniques, interdites pourtant dans l'enceinte du Pensionnat, se délassaient en jouant au palet sous l'œil vigilant des surveillants, des préfets des études et de quelques professeurs de corvée de surveillance.

La cloche retentit, les rangs se formèrent, les classes disparurent dans les batiments ou traversèrent la cour à la suite de leurs professeurs respectifs.

Une seule classe n'avait pas bougé : ils étaient en rangs au coin du réfectoire, attendant leur professeur.

Un élève dévala l'escalier et courut vers le surveillant le plus proche. Sa précipitation et son essoufflement lui faisaient tant avaler ses mots qu'il fallut les lui faire répéter plusieurs fois avant de comprendre :

« Monsieur, Monsieur, on ne peut pas entrer dans la salle Virgile. Elle est fermée à clef.
– Vous n'avez pas à essayer d'entrer sans votre professeur ou un surveillant. Si la salle est fermée, c'est que vous n'avez rien à y faire. Allez donc en étude, c'est là que vous devriez vous trouver, le brusqua Arthur Laférule. »

Docile, le gamin, un petit roux à l'air éveillé, rejoignit la salle d'étude où l'accueillit :
« Synonyme, on ne voit que vous ! De quel nouveau cours avez-vous été exclu ?
– D'aucun, m'sieur ; la porte de la salle Virgile est fermée à clef et Monsieur Laférule m'a dit d'aller en étude. Pourtant nous y avons un cours de Latin à cette heure.
– Eh bien, il faut attendre que le professeur de latin vienne vous chercher et vous ouvre. Vous n'avez rien à faire ici. Retournez attendre.
– Mais, monsieur Laférule m'a dit de venir ici...
– Taisez-vous, j'entends la cloche d'appel! »

Le pensionnat n'avait pas encore remplacé la cloche d'appel au parloir par des haut-parleurs, ce qui, contraignait le surveillant à compter « Un, deux, un deux, neuf » mais lui épargnait ce qu'il avait connu ailleurs sous les éclats de rire des élèves et des collègues : « On demande monsieur Cocu au parloir. »

Vingt-neuf. C'est bien moi, mais je ne peux pas laisser la salle sans surveillance, se disait-il, quand il vit s'encadrer dans la porte, le Père Lechat, préfet des moyens, rangeant sa cigarette allumée dans le tube d'aspirine qu'il y consacrait depuis plus de trente ans.

De temps en temps il y passait l'écouvillon dont ses poumons aussi auraient eu grand besoin, prenant plaisir à questionner les novices sur le nom de cet instrument. Le plus fréquemment, la victime de cet innocent piège répondait que c'était un goupillon.

*« Dis-je Asperges me Domine en curant mon tube avec cet **écouvillon**, lui demandait alors le Père? C'est lors des bénédictions que j'emploie un goupillon pour asperger d'eau bénite! »*

« Monsieur Cocu, dit-il, allez sur la cour des moyens ; vous y trouverez les élèves de cinquième Saint André : leur professeur de latin n'est pas venu les chercher à la fin de la récréation. Vous direz à Monsieur Laférule de passer me voir dans mon bureau. Vous les conduirez en salle Marot et leur donnerez comme travail tous les exercices de la page 212 du manuel de latin du Père Petitmangin[1] ; et, si ça ne suffit pas, donnez les pages suivantes jusqu'à la fin de l'heure.

– Je vous avais bien dit que la porte était fermée, intervint Synonyme Bertrand, fort de son bon droit et inconscient que le premier devoir de l'élève est celui de se taire, et le second celui d'abuser du premier.

– Vous, Synonyme, restez ici : votre note de conduite sera baissée pour avoir quitté les rangs sans autorisation, plus une heure de relecture du règlement que vous viendrez me réciter avant d'aller vous coucher.

– *Si tu penses que je vais le relire, marmonna-t-il. Faudrait que je l'aie lu.*

– Encore en train de maugréer ?

— Non, mon père, je n'oserais pas. C'est un frisson qui me faisait claquer des dents.
— Passez à l'infirmerie.
— *Il vient de me dire de rester ici ; enfin, tentons le coup.* »
Il se dirigea vers la porte.
« Où allez-vous donc ?
— À l'infirmerie, comme vous venez de me le dire.
— Petit insolent. Je n'ai pas dit : *passez maintenant à l'infirmerie.* »

Monsieur Cocu, ignorant cette algarade, rangea dans sa serviette la lettre embarrassée à sa fiancée Sidonie sur laquelle il s'escrimait depuis le matin :

« Vous m'avez fait remarquer dans votre précédente lettre que nous ne nous connaissons que par voie épistolaire, et que nous ne savons pas si nous nous plairons. Il me faut convenir que, de nos jours, cette situation est peu commune; mais, comme comme disait le père Cuicui, nous sommes deux chrétiens et nous ferons ensemble plein de petits chrétiens. C'est ce qui importe... »

Il s'en fut alors, à leur soulagement manifeste, rassembler les élèves restés sans maître sur la cour, cependant que Lechat, sous les yeux inquiets des restants, escaladait l'estrade qui surplombait cette étude de quatre-vingts places.

Chapitre II

C'est dans les vieux pots qu'on fait la meilleure soupe, et dans les vieux journaux qu'on trouve les pires nouvelles.

Au **Pied de porc à la Sainte Scolasse,** Gabriel Lecouvreur était affalé sur sa table habituelle, Ses immenses bras, qui lui avaient valu de longue date le surnom de Poulpe, lui en tombaient d'accablement. Il méditait tristement sur le sort des guerriers victorieux au retour des croisades.

Il était parti confiant résoudre l'énigme de l'arbitre allemand tué pendant que deux troupeaux de poupées s'agitaient autour d'un ballon rond sur un grand pré qu'on avait confisqué aux traditionnelles vaches bretonnes, et en avait rapporté de quoi s'offrir quelques pièces pour son Polikarpov dont la restauration, aux dires de Raymond, mécanicien à Moiselles où était entreposé l'appareil, ne demandait plus que quelques milliers d'Euros et quelques mois de travail, sauf imprévus, bien sûr, mais le « s », sauf chez Topaze de Pagnol, ne s'entend pas dans ce cas.

Il s'était, en effet, épris de cet avion, cadeau des Russes aux patriotes espagnols pendant la guerre civile, qu'il avait trouvé, échoué en France et en partie disloqué, lors d'un des blanchiments qu'il pratiquait régulièrement. Il ne manquait pas, depuis lors, de rapporter de chaque nouvelle expédition punitive quelque élément qui manquait encore à l'appareil ou quelque monnaie que Raymond consacrait à la fabrication des pièces introuvables.

À son retour de Bretagne, serrant dans ses bras une magnifique poupée reproduisant Marilyn en grandeur presque nature, s'il n'avait trouvé porte close, il avait trouvé un mot :

« *Ne m'attends pas avant dimanche en quinze. J'ai été invitée par la nièce de l'ancienne coiffeuse des filles du Négus à un séminaire sur la confection des tresses africaines dont il existe au moins soixante variantes traditionnelles que je ne connais pas toutes, loin s'en faut.*

Je suis désolée, mais tu ne pourras pas me joindre par oral : il n'y a là-bas ni téléphone ni Internet. Quant aux portables, n'en parlons pas.

Ce séjour sera à la fois instructif pour mon métier et relaxant car je serai débarrassée des beautés fanées et des apprenties gloussantes qui me harcèlent de questions et te tournent autour dès que tu parais dans mon salon de coiffure.

Un conseil, mets-toi à l'Orangina, c'est une boisson qui rafraîchit les poulpes si on en croit la publicité.

Moi, je ferai une cure d'eau d'Ambo[2].

Bisoux, ou bisous,
Chéryl »

De tels propos ne laissaient place à aucun doute sur ce que seraient les occupations réelles de Chéryl qui, depuis l'affaire résolue avec brio des deux coiffeuses africaines concurrentes du passage Jouffroy, avait acquis dans ce domaine une virtuosité que surpassaient à peine ses exploits érotiques.

Mais de telles échappées étaient clairement autorisées par le parchemin qu'ils n'avaient jamais signé : aucun des deux ne se serait abstenu, en l'absence de l'autre, d'une compagnie galante qui le tentait, ni ne se serait permis d'en faire reproche à l'autre, même s'il en ressentait plus qu'un pincement de cœur.

Soudain il sentit contre sa jambe un frottement : c'était Pinou, la bâtarde de Cavalier et de Malinois qui avait remplacé le vieux Léon dans la sciure du Pied et le cœur de ses patrons. Soupirant, il essaya de lui faire comprendre que pour ses miettes de croissant, il lui faudrait attendre que le neveu de Gérard, le tenancier, revienne de sa séance de marivaudage avec la vendeuse de la boulangerie. En effet, Gérard, dont la goutte ne s'arrangeait pas, avait dû recourir aux nombreuses heures libres de Dieudonné, le fils d'une amie de sa tante par alliance qui glandait à Nanterre en Sciences du langage : il lui devait quelques services pour l'approvisionnement clandestin du Pied en vin de Chanturgues[3].

Quant à la chère Pinou, elle était si collante qu'on eût pu se demander qui des deux était le Poulpe, mais moins baveuse que ne l'était Léon.

Le café refroidissait, Gabriel s'impatientait : rien à manger, rien à lire car les ouvriers du livre étaient depuis ce matin-là en grève illimitée motivée par l'union qu'ils jugeaient contre-nature entre *Montcuq-Folies* et *Paris-Bagatelle*. N'ayant pas de monnaie, il ne pouvait partir en laissant sur la table de quoi payer ce qu'il avait commandé mais n'avait pas bu.

Ne sentant plus la présence de Pinou, il s'apprêtait à tirer de sa poche les « Dialogues en forme de tringle » de Pierre Dac, sa bible du moment, quand, amusé, il la revit, apportant fièrement dans sa gueule un bout de papier tout chiffonné, visiblement extrait d'un bac à tri peu sélectif. Se répétant la maxime de son père répétée à satiété par l'oncle Émile qui l'avait recueilli à la mort de ses parents : « Un petit câlin vaut mieux qu'un grand coup de pied aux fesses. », il accepta le cadeau en flattant la croupe de l'animal ravie.

Sous les traces de graisse, on entrevoyait une photo dans laquelle, malgré la qualité pitoyable résultant de la combinaison du tramage éditorial et du graissage local, il reconnut le Père Lafraize qui avait vainement tenté en son temps de lui faire distinguer dans Petitmangin

« Alii alio dilapsi sunt. », *Ils s'échappèrent les uns d'un côté, les autres de l'autre* de « Quære uter utri insidias fecerit . », *Demande qui des deux a tendu des embûches à l'autre*. Le nombre de fois qu'il avait dû copier ces deux règles et quelques autres : « Trois cent cinquante fois chacune pour lundi, disait le vieux, convaincu d'agir sans sadisme pour le bien des générations à venir. »

Il parvint à déchiffrer le texte qu'illustrait cette photo :

« L'évêque in partibus infidelium de Toresium
Le Pensionnat Saint Grégoire de Nysse
sa famille
sescollègues
ses amis
Ses élèves, passés, présents et àvenir
ont la douleur de vous faire part du retour du
Père Justinien Lafraize
dans les champs du Seigneur,
Il y pourra chanter à loisir les psaumes
que, sa vie durant, il a expliqué à ses élèves de latin. »

« Vieille vache, tu mériterais que ton Saint Pierre te fasse répéter tes prières autant de fois que tu as fait copier tes règles à des gamins. »

La colère que ravivaient le souvenir de ces interminables punitions, si inutiles qu'elles se reproduisaient de cours en cours et d'année en année, multipliant le nombre de règles et de fois, céda le pas à une forme de tristesse en même temps qu'il ressentait le titillement familier précurseur de chacune de ses quêtes.

Las d'attendre et pressé d'agir, il se heurta dans la porte à Dieudonné, les bras chargés de pain et de

croissants, la bouche étrangement rougie, qui s'indigna :
« Où pars-tu sans payer, Gabriel ? Et tes croissants ? Je les ai achetés spécialement pour toi : tu es le seul à en manger ici.
– Je te laisse le journal en paiement. Tu comprendras tout, j'espère. Il n'en manquait pas, lui, de rouge, au point d'aller en chercher ailleurs.
– Quel rouge, Gabriel, fit Dieudonné en tentant d'essuyer discrètement ses lèvres ? Tu ne bois que de la bière. Il n'existe pas ici de *rouge* mais *des vins rouges.*
– Pas le rouge du viticulteur, ni celui du rubricator, évidemment ; celui du corrector, fit le Poulpe »

Soucieux de montrer ses manques à un Dieudonné qu'il aurait volontiers renvoyé dans ses foyers tant il se montrait parfois suffisant, comme le jour où il avait expliqué à Alex, le typo à qui quelqu'un avait demandé comment on procédait pour couper les mots en fin de ligne :
« *Le mot n'existe pas plus que la syllabe, avait-il dit du haut de sa science nouvelle.* ».
– Mais le Corrector n'est pas rouge reprit Dieudonné !
– Et toi, tu es sans espoir de guérison : le rubricator était celui qui, entre autres, traçait les lettres rouges au début des paragraphes dans les manuscrits ; le corrector était un sénateur romain envoyé corriger la gestion d'une cité et, de mes jours, celui qui met plein de rouge dans les copies de ses victimes. C'est bien la peine de te dire scientifique du langage et de l'histoire du français quand tu ignores tout du latin.
– Dans ma fac, on a le choix entre le persan médié-

val et le hittite.
- Nominatif, vocatif, génitif, datif, ablatif, laxatif, même combat perdu pour toi, lui lança le Poulpe en guise d'adieu.
- Faut-il que je garde le café et les deux croissants jusqu'au retour de Sa Seigneurie ?
- Libre à toi. Tous tes consommateurs sont égaux. Mais sont-ils fraternels ? Nous vivons en démocratie, je te le rappelle !»

Ayant claqué la porte sur ces paroles décisives, il décida de pousser jusqu'à la Bastille pour y prendre le bus 26 qui l'emporterait jusqu'à la gare Montparnasse. Il ne pouvait en effet utiliser la dernière folie de sa compagne Chéryl, une Cadillac De Ville de 1962 comme celle de Marilyn Monroe, que pansait le carrossier après la tentative de vengeance de la bande de déshérités du crâne qu'il avait expulsés du salon de coiffure où ils prétendaient être rasés gratis et en priorité.

Chapitre III

Si le plus court chemin d'un point à un autre est la ligne droite, c'est rarement celui que choisit la SNCF.

Dédaignant les bornes automatiques qui déshumanisent les gares, Gabriel s'en fut attendre qu'un des deux guichets à visage tant soit peu humain se libérât : il eût aimé que ce fût celui d'une petite rousse dont la longue chevelure encadrait un visage de lolita. Mais son prédécesseur s'attardait à demander des renseignements sur les périodes *normale, bleue, blanche, pointe* qu'il avait repérées en cherchant à réserver une place par Internet, et Gabriel fut confronté à un guichetier visiblement mal réveillé, à qui il dut répéter plusieurs fois sa destination, car il ne trouvait rien sur son ordinateur.

Finalement, Gabriel, stupéfait, apprit qu'il avait le choix, pour aller de Paris à Evron en deuxième classe, à des trajets dont le prix variait de 38€ 30 à 64€ en changeant au Mans car le tarif dépendait du trajet et de la période :

« Voyez, le 6h 57, arrivée à 9h 03 fait 56€ 60 : TGV en période normale et TER en période blanche, alors que le 8h 02 revient à 64€ TGV de pointe et TER bleue. Mais il est trop tard pour réserver dans ces TGV.
– Alors, je prends le taxi ?
– Meuh non ! Il y a encore le 10h 49 – 13h 04 pour 47€ 90 normale bleue.

– Départ trop tôt pour déjeuner avant, arrivée trop tard pour déjeuner après.
– Mais il y a une voiture bar !
– J'en ai des boutons rien que d'y penser.
– Alors le 13h 38 - 17h 11 56€ normale bleue.
– Expliquez-moi donc pourquoi il est plus cher que le précédent alors que ce sont les mêmes périodes.
– C'est vrai que le 13h 46 ne fait que 47€ 90 dans les mêmes périodes. C'est la faute à l'ordinateur ; moi je n'y peux rien. Il faudrait remplir une fiche de réclamation et la déposer dans la boîte aux lettres au bout du quai XVII.
 Enfin il y aurait bien le 15h 06 18h 12, 38€ 30, mais ce n'est pas un TGV : au fait, vous ne partez pas un samedi, parce que celui-ci n'existe pas le samedi ; mais, le samedi, vous pourriez faire une affaire en faisant Paris-Rennes-Laval en TGV et Laval-Evron en TER pour 61€ 70 alors que par Le Mans ça vous ferait 84€.
– Quand c'est plus long, c'est moins cher, fit remarquer le voisin de derrière qui s'impatientait ; mais quand c'est trop long, c'est pénible.»

Gabriel, qui s'était noyé dans les baignoires à robinets fuyards et fuyants de Mère Sainte Opportune, son institutrice préférée, et n'avait jamais vu se croiser les trains T1 et T2 qui, partis dans des directions opposées à des heures différentes et des vitesses inégales, devaient éviter le troupeau de vaches W qui traversait la voie V au point P et à l'heure H, de l'unique professeur de Maths qu'il eut connu, Friedrich Zygmund, « Prenez du papier millimétré ; mais non, pas le logarithmique, l'autre » avant d'obtenir une dispense médicale définitive de maths pour allergie[4], décida que démêler ce casse-tête était bien inutile et opta pour le moins cher, au trajet en gros une heure plus long que le plus cher, laissant à d'autres consommateurs la périlleuse mission de compter combien de dollars il gagnait par minute perdue ou combien de dollars il perdait par minute perdue ou... Il ne savait plus et s'en moquait. Les trains, à part les trains électriques miniatures de son enfance, ne le mettaient pas vraiment en train.

Chapitre IV

La foi du charbonnier condamnerait encore aujourd'hui ces bougres de Templiers.

De Paris à Versailles, le Poulpe, seul dans son compartiment, put méditer sur les *Dialogues en forme de tringle,* qui l'accompagnaient partout ces temps-ci, sans pour autant qu'il en fît, comme son copain Néron en terminale le faisait de San Antonio, **La littérature** et **La philosophie**, malgré cette affirmation de Pierre Dac : « [...] ça ne change rien au fait que depuis la fondation, vers 388 av . J.C., de l'Académie Athénienne, par l'illustre philosophe Gréco-Averne on n'a, pour ainsi dire, plus écrit ni publié de dialogues valables ou possiblement acceptables. »

Il avait tiré tous les rideaux et étalé sur une des deux banquettes son imper comme quand il faisait le mur de son internat ; mais, à Versailles, s'encadra dans la porte, ouverte avec violence, une trogne d'homme, presque chauve, costard trois pièces, chemise blanche, cravate bleue, épingle de cravate figurant un cœur pourpre dans lequel est plantée une croix pourpre, le bide en avant, le nez foisonnant.

Derrière lui, trois filles, jupe écossaise plissée soleil, corsage blanc boutonné au ras du cou, chaussettes blanches à mi-mollet, mocassins noirs, insigne sur la poitrine similaire à celui de l'homme: seules la couleur de leurs cheveux et leur taille permettait de les distinguer.

Dominant le tout, un visage de madone transie sibérienne, brune et frigorifiante, reproduisait, bonté et sourire en moins, les images pieuses de la Vierge Marie.

Devant le silence du Poulpe, l'homme cracha :
« Ça vous dérangerait de libérer les places que vous n'avez pas payées pour ceux qui ont payé les leurs? » en faisant voltiger l'imper du Poulpe.

Sitôt assis, il distribua à chaque membre de sa famille la nourriture spirituelle qu'il avait achetée ou grappillée aux étals lors du défilé auquel ils venaient de participer : *La jeune femme indigne, Éthique sexuelle et familiale,* plusieurs bandes dessinées du *Comité adolescent pour une sexualité épanouie dans le respect des textes, en particulier du Lévitique.*

« Quelle saleté que tout ça ! On a eu bien raison de se payer le voyage pour faire avancer la Bible et reculer la loi.
– Quelle loi, papa ?
– Mais vous avez bien crié les slogans comme nous ?
– Si tu crois qu'on comprenait !
– *Non à la filiation fiction !*
– *Tous gardiens du code civil !*
– *1 père + 1 mère, c'est élémentaire !*
– Que Thérèse, à huit ans ne comprenne pas tout, tonna celui qui semblait être le **Pater Familias,** passe, mais Perpétue est en 1ère et Euphrasie à la fac...
– Bons sujets d'exposés pour nos mercredis après-midi vertueux de méditation spirituelle, conclut la mère.
– *méditation théocratiquement vôtre...* » compléta in petto Gabriel qui, dans le silence revenu, put re-

prendre sa lecture, vite interrompue par de nouvelles indignations.

« Heureusement qu'on a trouvé de la place ici, parce que, dans l'autre compartiment, ça craignait, avec ces deux filles.
– Quoi, papa ?
– Tais-toi et lis !
– Si je ne t'en avais pas empêché par égard pour les enfants, tu te serais bien installé en face d'elles : ça t'excitait, vieux cochon d'Oscar !
– Il manquait une place. Je n'allais quand même pas laisser les filles assister à ce spectacle.
– Était-ce une raison suffisante pour t'apprêter à faire *l'amateur* comme au ciné-club samedi dernier ?
– Quel mal y a-t-il à montrer son admiration au ciné-club ? Oui , je suis un amateur de Buster Keaton.
– Ne te fais pas encore plus bête que tu es. Comme au ciné-club, on décompose les séquences, ici, pour te faire comprendre, il faudrait décomposer ce mot ; mais je ne peux le faire devant nos filles.
– Décidément, je ne suis pas doué pour les langues, conclut Oscar.
– Je vais éclairer ta chandelle puisque tu restes dans le noir. Tu as passé une bonne partie du film à regarder, dans le noir justement, mais derrière toi ; et qui regardais-tu ?
– *Il faut connaître son adversaire pour mieux le combattre*, a dit Machiavel. C'est pourquoi je me renseignais sur ce couple de déviantes.
– *Timeo hominem unius linguae*, disait le linguiste Lucien Tesnière, laissa tomber le Poulpe espérant

faire dévier la conversation avec cette intervention sans rapport évident avec les propos aigre-doux qui s'échangeaient.
– Pardon ?
– Je crains l'homme qui pratique une seule langue. »
Un ange passa, les ailes chargées de non-dit réprobateur devant une phrase qui, pour eux, était visiblement le comble des sous-entendus obscènes.
« Ils proclament le devoir du préservatif pour tous, comme si ça permettait de produire les enfants qu'ils réclament le droit d'avoir alors qu'ils ne peuvent pas les faire, repartit Oscar!
– Et Adam, c'était une femme ?
– Et Ève c'était un homme ?»
– *Sur le fait général qu'il y ait une évolution, tous les chercheurs [...] sont désormais d'accord. Sur la question de savoir si cette évolution est dirigée, il en va autrement*, a dit Teilhard de Chardin[5], intervint le Poulpe, avec un sourire au souvenir des vains efforts de l'abbé Balu, qui, soucieux de faire pièce aux prof de philo et de Sciences naturelles, tentait de leur faire comprendre les thèses de cet original évolutionniste. »
Les femmes, indignées ou dépassées, laissèrent au père le soin de poursuivre la dispute :
« Quel rapport ? De toute façon, j'ai beau avoir pris un mois de congé pour pouvoir militer, je ne lirai pas cet auteur qui a été mis à l'index. Ça prouve que son évolution n'a pas sa place chez les bons chrétiens. Ensuite, vous allez peut-être me dire qu'Adam et Ève étaient bissexués ?

– Je ne dirai rien de semblable sur ces fruits de l'imagination de ceux que vous prétendez leurs descendants. Mais qu'est-ce qui vous dérange dans le fait que des homosexuels puissent se marier civilement ?
– Le mariage, c'est sacré.
– Tellement sacré, le mariage civil, qu'un couple qui ne se serait marié que civilement est considéré par votre église comme en état de péché, exactement comme le couple non marié auquel j'appartiens.»
Un nouvel ange passa.
« Ils font ça pour les impôts, entre autres, reprit le Poulpe. Et vous pensez qu'un gamin adopté par deux homos qui s'aiment à ce point sera moins bien élevé que confié à la DASS et refilé à une famille d'accueil qui s'empressera de *le rendre* au moindre incident ? J'ai eu au lycée un ami dont les *parents adoptifs,* déçus par ses mauvais résultats scolaires, envisageaient de se débarrasser. Ils en ont été empêchés par une collision frontale qui en a fait un orphelin et, bien malgré leurs désirs anthumes, un héritier. »
Une nuée d'anges passèrent pendant que les bons parents, ses voisins , se concertaient à mi-voix sur la réponse à donner à des propos si blasphématoires à leur yeux.
Ayant repéré sur un papier qui traînait *Maître Oscar Bouchedor, avocat au barreau de Saint Isidore les Pâquerettes,* Gabriel laissa tomber négligemment :
« En plus, il va bien falloir plaider leurs divorces ;

une source de revenus de plus pour certaines professions. »

Ils devaient avoir faim, car ils n'entendirent rien. Seule Euphrasie rougit.

De ce qui suivit, Gabriel ignora tout, jusqu'à la gare du Mans où il eut à peine le temps de râler sur le médiocre choix de bières que dispensait le buffet. La brièveté de la correspondance ne lui permettait pas de tenter sa chance ailleurs.

Il se résigna donc à absorber une médiocre pression qui eut bien du mal à faire descendre un sandwich dont les rillettes, du Mans, couleur locale oblige, avaient passé plus de temps dans le frigo manceau du troquet que dans le laboratoire d'un honnête charcutier de la ville.

Le Mans-Evron se fit dans une solitude qui lui permit de se demander à partir de ces pensées de Pierre Dac :

« Le carré est un triangle qui a réussi, ou une circonférence qui a mal tourné... »

et celle-ci :

« Si Galilée revenait sur terre, il s'écrierait devant une mauvaise comédienne de cinéma : *Et pourtant, elle tourne !* »

(Si la circonférence est une comédienne, d'autant qu'il existe des cercles vicieux.)

Chapitre V

Il ne suffit pas de persévérer pour réussir.

Gabriel n'eût pas besoin de demander son chemin, une fois sortie de la gare d'Évron : ses pieds trouvèrent seuls un chemin qu'ils avaient tant de fois parcouru autrefois.

La loge du concierge de Saint Grégoire s'est modernisée et l'entretien par visiophone avec le remplaçant de Berthe, dite la petite Bertha, plutôt gorille qu'homme mal fini, qui mâchouille ses mots, a été problématique. Gabriel, de ses grands bras, est intervenu sur le bidulophone et a enfin pu tenter de parler en face à face avec le cerbère de service.

« Le Père Cuicui ? Il s'est envolé il y a dix ans. On le regrette bien : de son temps, tous les employés pouvaient venir midi et soir chercher pour rien la nourriture de leurs familles.
– Quand on sait la vitesse de reproduction de certaines familles bien-pensantes, on a effectivement moins de soucis pour le remplissage des églises que pour celui des ventres.
– Depuis que certains évêques se montrent partisans du préservatif, ça peine plus.
– C'est bien connu, persifla Gabriel : moins d'enfants, moins de sida, entre autres...
– Ils n'ont qu'à attendre d'être mariés pour jouer au papa et à la maman.

– En s'astiquant le soir au dortoir, sous le nez du surveillant qui dit ses prières, peut-être ?
– Il n'y a plus de dortoirs, mais des chambres... Dites-donc, vous... Seriez-pas par hasard un agent des socialo-communistes, ces sans Dieu ?
– Je suis un ancien élève de cette boîte.
– Votre tête me dit vaguement quelque chose...
– C'est pas toi le gros méchant qui battais tous les petits et forçais les internes de sixième à te donner leur bouteille de cidre à chaque repas et les plus petits que toi à te donner leurs cahiers neufs ?
– Ça me revient : c'est toi qui gagnais toujours au palet, parce qu'avec tes grands bras tu avais juste à te pencher pour les poser, au lieu de les lancer comme tout le monde ?
– Bernard Grasminain, tu es bien toujours le même...
– Gabriel Lecouvreur, tu n'as pas changé. »
L'embrassade qui suivit dépasse toute possibilité de description ; savoir si elle fut sincère ?
« Mais, dit Grasminain, tu n'es pas resté ici longtemps ?
– Non, mes parents sont partis dans un accident de voiture, et j'ai été recueilli à Paris par mon oncle Émile et tata Marie-Claude. Ils m'ont offert le collège public et le lycée, car il n'était pas question pour eux que je fréquentasse une *école de classe,* comme ils disaient, même gratuite.
– On reconnaît bien là les bourgeois de gauche : l'idéologie de gauche et le fric à droite. »
Au bout des grands bras de Gabriel, les poings

commençaient sérieusement à le démanger ; cependant, il se borna à répliquer :
« Tu pourrais te dispenser de parler sans savoir car mon oncle était quincaillier, alors comme bourgeois tu peux repasser...
Quant à ton éducation politique, tout reste à faire !
– Si j'aurais su, j'm'aurais pas gouré. Tu sais, Gabriel, c'est pas trop ce que je pense, mais à force d'entendre ça dans tous les coins de la boîte et du bled, ça finit par sortir tout seul. Alors, tu as eu ton bac, quand même, au lycée ?
– Oui, en 78. Puis j'étais bien parti en fac, mais, en 79, je me suis fait gauler pour avoir participé au caillassage d'une librairie d'extrême-droite. Sursis annulé, service obligatoire, avec en cadeau l'affectation aux régiments disciplinaires. Et maintenant, je survis du tout petit magot que tonton et tata m'ont laissé à leur mort.
– Moi, mes parents auraient bien voulu que je poursuive mes études, comme le cousin Eugène : il est prof agrégé de construction : il a réussi au septième essai. Moi, au quatrième échec au brevet, comme j'avais déjà dix-huit ans, j'ai fait comme Gabin, je me suis engagé. Quand ils m'ont dégagé, Berthe avait dégagé, elle aussi, de la place de concierge. Comme c'était moins payé qu'un curé de campagne, personne n'en voulait. Moi, avec ma prime d'ex bidasse, les deux vaches que m'ont laissées mes parents, et ce boulot, je m'en tire : faut vivre avec son temps ; dans tout le coin c'est le lait des seules vaches qui aient vu de

l'herbe.
- Parce que tu deviens écologique ?
- Pas fou, non ? J'ai dit qu'elles voyaient l'herbe, pas qu'elles la mangeaient ; et puis, avec la centrale à l'horizon, pas sûr que l'herbe soit plus saine que les tourteaux.
- Arrêtons les brèves de comptoir, de conciergerie, si tu préfères. Tu sais forcément où a lieu la cérémonie pour le père Lafraize ; je ne suis venu de Paris que pour ça.
- Tu as encore du chemin à faire, alors. Saint Grégoire a essaimé avec à sa tête le Père Lafraize.
- Ils délocalisent alors ?
- Non, ils transplantent : ils implantent ou ils supplantent suivant le cas : association avec l'établissement local, fusion, absorption et redéploiement. Dans le cas qui t'intéresse, l'essaim s'est posé à Pellevoisin, dans le Berry.
- Pour le cidre et les rillettes, ça doit leur manquer plus qu'un peu là-bas.
- C'est pas tout ça ; mais il faut que j'aille chercher les Grasminots à la maternelle, parce que leur mère est partie avec la femme du chirurgien en me laissant ses mômes sur les bras.
- Tu avais un peu participé, peut-être, à *ses* mômes ?
- Parfois je me demande.
- Le mariage est éternel, c'est bien connu, et hétérosexuel seulement, conclut le Poulpe en s'en allant dans l'espoir de trouver un train.»

Chapitre VI

Où l'on voit que la carotte tient parfois ses promesses.

La gare locale n'avait encore subi ni l'intrusion des distributeurs automatiques, ni l'affichage électronique des trains en transit. Il y avait bien un guichet protégé de vitres et muni d'un préhistorique hygiaphone, mais une pancarte informait qu'il faudrait patienter jusqu'au passage du train de marchandises de 14h 53, car le chef de gare, étant désormais seul à tout faire, se reposait pendant cette tranche horaire.

N'ayant pas le choix, le Poulpe s'assit sur un banc dont il s'amusa à lire les graffitis, variant, comme d'habitude, des cœurs transpercés de flèches au nom de la responsable de cette déchirure : *Valentine, Myriel, Pétronille, Wanda* et quelques autres dont il ne subsistait que quelques lettres, aux inscriptions rimées, vengeresses et insultantes à l'égard, curieusement, des mêmes prénoms, dont il n'accepta de retenir que les moins obscènes : *Valentine, la femme des lapins, Wanda, où tu vas, tout le monde va, Pétronille, pour dix euros elle est gentille, Myriel vous conduira tous au ciel, Amédée a mal aux fesses, Léon bon pour les garçons.*

Ces inscriptions étaient presque toutes signées d'un paraphe dans lequel on devinait *Lovelace*. Intrigué par cette répétition ; Gabriel observa plus attentivement lés déclarations d'amour et trouva la même signature dans les cœurs.

« *Curieux choix pour un tel séducteur, se disait-il,*

que le nom d'une femme, plus connue pour ses travaux précurseurs de l'informatique que pour des conquêtes amoureuses qui se limitèrent à celle de son mari. À moins que, anglophile, il ait fait un mot portemanteau de Love et de Lace, la dentelle... »

Sa réflexion fut interrompue par le vacarme de l'ouverture du guichet. Il se précipita de crainte d'arriver trop tard.
« Bonjour, SNCF à votre service. Que puis-je pour vous ?
J'aurais voulu un billet de seconde classe pour Pellevoisin, avec départ aujourd'hui même. »
L'à-votre-service se plongea dans un énorme bouquin d'où il émergea avec le sourire triste de celui qui aurait bien voulu, mais ne peut pas.
« Impossible, monsieur. La SNCF ne dessert pas cette localité.
– Mais comment puis-je faire pour y aller. C'est impératif et très urgent.
– Ah, ça, monsieur, dit le préposé d'un ton définitif, ça ne nous concerne pas. Les horaires donnés par la SNCF sont ceux des lignes gérées par la SNCF ; pour les autres, il faut s'adresser aux compagnies qui assurent les dessertes.
– C'est génial, ça ! Et comment je fais pour savoir quelle compagnie y existe ? Tout de suite, par exemple, vous me dites que je ne peux pas aller à Pellevoisin en train, mais comment puis-je savoir à quelle gare aller pour m'en rapprocher ?

– Regardez la carte sur le mur, ou consultez Internet, conclut-il en claquant son hygiaphone. Désolé, le train arrive. »

Découragé, le Poulpe se sentait d'autant plus prêt à renoncer qu'arrivait le train, dont il avait déjà oublié qu'il n'était que de marchandises. Mais le petit titillement qu'il avait ressenti à la lecture du journal se reproduisant avec intensité, il ressortit de la gare. En haut des marches, sur sa droite, une vitrine poussiéreuse, surmontée d'une enseigne *Aux éleveurs réunis ;* sur sa gauche, une porte dont le volet de bois indiquait : *Chez Noé. Quand c'est fermé, Noé dort ; revenir plus tard.*

Secouer le bec de cane des *Éleveurs* réussit à faire descendre d'une fenêtre au premier étage : « Vous voyez bien que c'est fermé ! »

Cette façon de parler fit aussitôt resurgir dans l'esprit du Poulpe cette pensée de Pierre Dac :«*Moi, rien que d'y penser, j'en ai les amygdales qui se mettent en spirale et la peau du cou qui se contracte.* »

De l'autre côté de la place de la gare, au bout de ce qui semblait une rue, on apercevait la carotte rouge d'un buraliste. Quoiqu'il ne fumât pas, Gabriel en prit la direction ; cette fois, la chance était avec lui et la porte s'ouvrit sur une sorte de cagibi où entre une pile de *Ouest-France,* une autre de divers titres de quotidiens, et un carton de tabac, un jeune gars s'affairait à lire une feuille qu'il s'efforça de camoufler, mais dont le titre n'échappa pas au Poulpe ; titre franchouillard, xénophobe et réactionnaire, qui ne mérite pas qu'on lui offre, en publicité gratuite, de le nommer ici.

« J'avais une petite soif, dit Gabriel, sans grand espoir.

– C'est pas ici, lui répondit le jeunot. »

Gabriel avait déjà fait demi-tour quand le buraliste, se précipitant sur lui, le suivit.

« C'est pas ici, mais je vais vous conduire jusqu'à mon abreuvoir personnel. Je le partage avec ceux qui me plaisent. Suivez-moi donc.
– Vous ne fermez pas le tabac ?
– Vous savez, on ne craint rien. Il n'y a pas foule dans le coin et la propagande des noir pensants n'a pas pénétré ici pour persuader les gens de se méfier de tous, voire d'eux-mêmes. Et puis, si voler un voleur n'est pas voler, est-ce voler que de voler un empoisonneur ?

Ici, on fait bon ménage avec tous ceux qu'on accuse ailleurs de tous les vices et toutes les dépravations du monde.
– Mais alors, qui peut bien acheter ce papier que vous lisiez quand je suis entré ?
– Envoi automatique du distributeur de presse: quand on demande un titre, on ne l'a pas forcément, mais on en reçoit qu'on ne demandait pas. Comme je ne connaissais pas celui-ci, je le feuilletais quand vous êtes entré : ils sont encore pires que quand ils prennent la parole à la télé, et surpassent presque *Louis Ferdinand Céline*. Je le mettrai directement aux invendus.
– Mais, supposons l'impossible vol, avec votre fournisseur de drogues licites, c'est vous qui payeriez les paquets disparus.
– C'est vrai. J'ai même payé des invendus invendables de mon prédécesseur.»

Ils passèrent une porte à peine visible et pénétrèrent dans une grande salle meublée d'une seule longue table en noyer blond. A peine assis, le Poulpe vit attabler, car on n'atterrit pas sur une table, un pain de deux livres, un pot de rillettes, une carafe de cidre. Autant les rillettes et le pain firent son délice, autant il ne put retenir une moue en déglutissant une gorgée du cidre.

« Pourtant, c'est du bon, de celui que font les curés, pas de la boisson du père Lesabot : ça c'est du dur de derrière les fagots, il arrache plus que la goutte. Vous voulez peut-être un café pour faire couler tout ça ?
– Volontiers, si ça ne vous prend pas trop de temps. Mais pas arrosé, par pitié.
– Mais alors vous êtes un aquatique ?
– Non simplement un cervoisophile. Ces temps-ci, j'en ai cinq cents quatre-vingt dix-huit inscrites sur mon livre d'or et cent trente et une au livre noir. »

Le buraliste entonna, forcément, l'air de la liste du *Dom Juan* de Mozart, prouvant par là que les culturés existent aussi en province.

« *En Italie six cent quarante, en Allemagne deux cent trente et une, cent en France, en Turquie quatre-vingt-onze, mais en Espagne elles sont déjà mille trois.*

Paysannes, soubrettes, citadines, comtesses, baronnes, marquises, princesses... »

que le Poulpe estima nécessaire de compléter par :

« *De la blonde il a coutume de louer la gentillesse, de la brune la constance, de la blanche la douceur, pourvu qu'elles se parfument au houblon.* »

« Je pense pouvoir faire monter votre livre d'or à six cents avec deux merveilles locales. La seule question est : avant ou après le café ?
– À la place du café, bien sûr. Comme aurait pu dire Pierre Dac : *Mieux vaut le malt dans la choppe que le café dans la tasse.* »

De dégustation en comparaison des variations de *la Suzanaise*[6] de Christophe Launay à Sainte Suzanne, qu'on trouve dans le circuit commercial proche, et de la *Montflours*[6], bio et brassée à partir des ingrédients produits par les membres de la brasserie associative, les heures passèrent.

« Savoir si nous sommes des vrais ou des faux, je ne saurais dire, mais on est maltés, dit Gabriel. Au fait, quand je suis entré, j'avais aussi besoin d'un renseignement que le chef de gare n'a pas pu me donner : sa carte murale ne recense que les lignes SNCF ; et la localité où je vais n'est pas desservie.
– J'ai bien un vieil indicateur des chemins de fer, mais j'ai grand peur qu'il ne serve à rien.
– Mais un accès à Internet ?
– Pas le téléphone ici, plus de place sur le standard. Il faut traverser la rue pour se servir de la cabine à pièces. Ou alors, il faut pousser jusqu'au Café des Jardiniers... Mais vous n'avez donc pas un portable ?
– Non, je refuse de pouvoir être fliqué à partir de mes coups de téléphone. Je tiens à vivre inconnu et pas repéré.»

Voyant la mine pour le moins intriguée de son inter-

locuteur, le Poulpe se sentit obligé de préciser :
« Je vis en marge des flics, des impôts, des listes électorales et autres enrégimentements. Le dernier à m'avoir inscrit sur une liste est l'Armée.
– Mais d'où tirez-vous vos ressources, s'enquit le buraliste, la camaraderie de la cervoise laissant le pas à l'inquiétude d'être venu en aide à un malfaiteur ?
– Mes parents adoptifs m'ont laissé une petite rente et mes besoins sont minimes. À part pour mon avion...
– Un avion ?
– Oui un coucou de collection, un Polikarpov de la guerre civile espagnole. Pour lui, je mets à contribution les malfaisants que je démasque sans les livrer aux autorités.
– Robin des Bois en quelque sorte.
– Oh, Mes actions ne sont pas toujours strictement légales, mais elles ne dépouillent que des fripouilles. Évidemment, il vaut mieux que la police n'en sache rien, car elle estime, elle, que voler un voleur est un délit. »

Ayant consulté le plan, il conclut qu'il lui fallait se rendre à Buzançais, pour y prendre la ligne à voie étroite Le Blanc-Argent.

« Il y a peu de chances que vous repassiez par ici, je suppose ; mais, si ça se produit, vous serez le bienvenu.

– Qui sait ? Vous pourriez vous lancer dans le lessivage de certaines feuilles de choux putrides.»

Chapitre VII

Il ne manque que les coches d'eau.

Le voyage d'Évron à Tours fut d'une banalité exemplaire.

Ici un groupe de lycéens boutonneux aux aguets du string qu'on fait dépasser ou du corsage qui bée, là des lycéennes provocatrices et gloussantes, peu de places libres.

Il s'en vit refuser plusieurs :

« Cette place est libre ?

– Non elle est réservée.

– Mais c'est un train sans réservation !

– Oui, mais ma copine monte à la gare suivante. »

Il était suivi dans cet exercice par un passager courroucé et maugréant « *Quelle jeunesse ! De notre temps, on était plus respectueux et on m'aurait offert une place assise.* », un Monsieur Prudhomme, plus prude visiblement qu'homme.

Finalement, il put se caser entre le sac de sport d'un grand malabar et une jolie rousse qui semblait modérément ravie de se trouver là. Elle soupirait en relisant une copie pendant qu'elle feuilletait un manuel de philosophie.

Gabriel ne put se retenir de jeter par-dessus l'épaule de sa voisine un coup d'œil sur la copie :

« Vous commenterez cette pensée de Pierre Dac : *Donner avec ostentation, ce n'est pas très joli ; mais ne rien donner avec discrétion, ça ne vaut guère mieux.* »

La lycéenne, qui avait repéré le manège et vu le livre que le Poulpe avait en main laissa tomber :

« Vous semblez être un spécialiste de Pierre Dac, vous pourriez peut-être m'aider pour ma dissertation. J'ai bien compris le cours sur les types de plan, mais c'est la citation qui ne me dit rien.

– Pensez à *Quand tu fais l'aumône, que ta main gauche ignore ce que fait ta main droite, afin que ton aumône soit secrète*[7]... ou ceci *Si votre réalité intérieure est le même que votre aspect extérieur, ceci est la droiture; si votre réalité intérieure est meilleure que votre aspect extérieur, alors ceci est la supériorité; et si votre aspect extérieur est meilleur que votre réalité intérieure, ceci est l'injustic*[8]. »

Gabriel s'apprêtait à déverser une autre citation quand il fut remercié d'un baiser sur la joue et d'un sourire qui accompagnaient un au revoir :

« Oui, merci, je vois un peu mieux : vous, vous avez donné avec discrétion après avoir regardé sans ostentation ; mais c'est ici que je descends.»

À Tours, il fallut prendre le car SNCF pour Buzançais.

Le Poulpe espérait découvrir contempler les paysages de la Brenne dont parlent tous les guides touristiques ; mais il avait mal lu la carte et, tenaillé par la soif, il dut patienter près de deux heures à contempler une pluie qui masquait tout le paysage sans la moindre gouttelette de boisson houblonnée pour s'humecter le gosier.

La descente du car raviva ses angoisses quand il vit que tous les vitrages de la gare étaient obstrués par des affiches pour le prochain combat de catch féminin sur l'Indre ou pour le passage, plusieurs mois avant, du camion pour la collecte d'un sang pur.

Pas le moindre humain en vue, pas l'ombre d'un parasol, même à la gloire de la boisson pulpée qui, à en croire Chéryl, refroidit les poulpes. La rue où il se trouvait étant en cul-de-sac dans un sens, il s'empressa de prendre l'autre quand le chauffeur du car qui avait fait demi-tour lui lança :

« Un peu perdu, peut-être ? Je vous paie une mousse chez Odette.
– Plus que parfait, j'allais mourir de soif. »

Devant une pression que son anonymat n'empêchait pas d'être honnête, Gabriel eut la confirmation de ce qu'il pressentait depuis sa descente du car :

« Cette partie de ligne à voie métrique a été déposée entre 1991 et 1992. Une ligne à voie standard lui a été substituée sur une partie où le fret est important. Pour le reste, depuis 1989 la Société pour l'Animation du Blanc Argent (SABA[9]) s'emploie à faire revivre la ligne à des fins touristiques.
– J'aime ces lignes reconstituées ; mais pourrai-je aller ainsi jusqu'à Pellevoisin ?
– Non malheureusement, car c'est cette partie de la ligne qui a été déposée.
– Il me reste donc mes jambes, le stop ou la téléportation, si je comprends bien.
– Le conseil général de l'Indre met à votre disposition les cars de l'Aile bleue. »

De la communication téléphonique avec un numéro vert, il résulta qu'il était trop tard pour l'unique car de 11h 45.

« Reste le taxi. Ce n'est pas parce qu'on est loin de Paris qu'on n'a pas quelques commodités : on

n'est pas au Sahara, ici, contrairement à ce que pensent les Parisiens qui débarquent chez nous avec leur 4x4 équipé comme pour Paris-Dakar, et leur remorque de denrées de survie : on a des supermarchés, à plus forte raison des taxis-ambulances.
– Justement, surgit de derrière une moustache jaunie par des années de nicotinisation, je viens de voir chez *Bidouille* le Marcel Blouseblanche. Il partait à Châteauroux chercher un vieux de Pellevoisin qui sort de l'hôpital. Ça vaudrait le coup de l'arrêter au retour. Il pourrait bien embarquer Monsieur:il prend bien régulièrement en plus de ses malades le prof de lettres qui vient d'Orléans quand il le trouve au bord de la route attendant son car en faisant du stop.
– Quel vieux ? Il n'y a aucun vieux de Pellevoisin à l'hopital en ce moment. C'est la Camille, tu sais, celle de l'ancien docteur...
– Avec sa moustache sur la photo que le Marcel m'a montrée, je l'avais prise pour un homme.
– C'est vrai qu'avec son tas de lingots, elle pourrait s'offrir une crème à épiler ou de la mousse à raser. Le docteur ne portait pas la barbe : elle a dû garder son rasoir. Mais, si elle n'était pas si rapiat, elle en aurait moins à surveiller.
– Je ne la connais pas, dit le Poulpe, mais je dirais bien que c'est en étant regardant qu'on en amasse à regarder, sans permettre aux autres de regarder.
– Vous ne croyez pas si bien dire : elle ne lave ja-

mais le saladier dans lequel elle fait la salade pour ceux qui se paient les repas chez elle.
– Et, quand ils partent en vacances, elle loue à d'autres les chambres qu'ils ont payées et qu'ils n'occupent pas.»

La blouse blanche s'encadra dans la porte une bonne demi-heure plus tard, le temps pour Gabriel de goûter au délice local, le feuilleté aux pommes de terre, qu'il arrosa de nouvelles bières pendant que ses conseillers du moment, vite devenus ses commensaux et invités, comparaient plusieurs fromages de chèvre pyramidaux, pas des Valencay, mais tout comme, arrosés d'un petit Reuilly qui n'a pas droit à l'appellation mais qui en vaut plus d'un qui y a droit. Gabriel, s'il accepta volontiers du fromage, resta sourd à leurs invites vinicoles.

« Salut, la compagnie ! Pas encore à la belote ? Ah, je vois, vous préparez le dernier chapitre de votre encyclopédie des fromages non classés et de leur accord avec les vins sans appellation.
– Oui, malin... Et lait cru ou thermisé et vin filtré ou pas. Il faut en profiter avant que les *savants* les aient interdits.
– Pourquoi, intervint Le Poulpe, se limiter au vin ? Essayez un jour un C*arré de l'est* avec une *Brigand*...
– ???
– Marcel, tu viens avec nous pour un petit graillon ? On a dégotté une pyramide de chèvre du tonnerre de dieu.
– Non, merci, je n'ai pas le temps ; mets-moi juste un petit blanc en urgence, redressa Marcel. J'ai besoin

de respirer après ces trente bornes avec cette peste de Camille. Elle n'a pas arrêté de raler, qu'on allait trop vite, que ça secouait trop, que ça sentait le désinfectant. J'ai oublié le reste...

Au fait, il n'y a pas eu de nouvelle demande de transport depuis que je suis parti ?

– Par téléphone, non, répondit Odette. Mais ce monsieur, le monsieur aux grands bras qui boit une bière, voulait se rendre à Pellevoisin et il a raté le car. Alors on avait pensé...

– Que je le prendrais à côté de moi dans l'ambulance ?

– Oui, si tu veux bien. »

Et elle lui expliqua ce qu'elle savait de la situation du Poulpe.

« Aucun problème pour moi, mais ça risque d'être coton avec la Camille : avec sa surdité, elle risque de ne pas l'entendre de la même oreille ! Heureusement, le voyage ne sera pas très long. »

Le Poulpe s'apprêtait à monter dans la voiture dont Marcel lui avait débloqué la porte quand des sons plus proches des miaulements d'un chat furieux que du lamento de la soprano dans l'Arianna de Monteverdi déchirèrent les oreilles de tout le voisinage.

« Qu'est-ce que cet énergumène auquel vous avez ouvert la porte avant de la voiture ?

– C'est un monsieur qui va à Pellevoisin.

– Et alors ? C'est mon ambulance, non ?

– Ce n'est pas votre ambulance, mais la mienne qui est mise à votre disposition contre rémunération.

– N'empêche que...

– Mais, madame, qu'est-ce que ça peut bien vous

faire que j'emmène ce Monsieur avec nous, puisque votre rapatriement de l'hôpital de Châteauroux à votre domicile à Pellevoisin est pris en charge par la Sécurité sociale. Pas un centime de votre poche, à part, pour moi, un pourboire à votre discrétion. »

La distance n'étant pas grande, la voiture se gara devant chez la patiente impatientée alors que la discussion dégénérait.

« Je ferai un rapport à l'assurance maladie sur votre conduite inqualifiable qui ruine la collectivité et spolie les honnêtes gens.

– *Honnête, si on veut, surtout toi !* Mais ce que je perçois est ce qui est dû pour votre transport.

– Pour une personne, pas pour deux...

– Écoutez, madame, plaignez-vous si vous voulez : moi , il faut que je désinfecte le véhicule avant d'aller conduire Ernest Piedplat au centre de cure dans une heure. »

Sur ces paroles définitives, il claqua la porte en clignant de l'œil à l'adresse du Poulpe qui, voyant là une conception nouvelle du service public, se dirigeait déjà vers le troquet qu'il apercevait de l'autre côté de la rue.

En cherchant bien dans son frigo, l'accorte personne, que le Poulpe supposa s'appeler **Délicia** comme son établissement, lui dénicha une *Tournemine,* brassée artisanalement non loin de là, à Villedieu.

« Cette bière est un vrai délice. Pourquoi n'en avez-vous pas d'autres de ce brasseur, surtout qu'il est presque votre voisin.

Ce n'est pas que je refuse de m'y intéresser, expliqua-t-elle, c'est plutôt la clientèle. Quand ils rentrent du travail, un petit blanc d'à côté de Reuilly ou ma *Pelforth* pression leur suffit ; et, quand ils veulent déguster des bières supérieures, le soir ou en fin de semaine, ils vont à Châteauroux, Issoudun ou plus loin ; dans ces brasseries, chaque membre du groupe trouve son bonheur sur une carte de bières que je ne peux pas offrir.

– Dommage. Peut-être vous en reste-t-il quelques autres. »

La bière avait chassé la soif, mais pas calmé la faim. Aussi Gabriel s'installa-t-il à la seule place restée libre et apprit que le menu unique était à 15 euros tout compris, à peine plus cher que le cahoutswich avalé précédemment sur un quai de gare, arrosé d'une bibine de qualité incertaine.

Son voisin de table semblait plus intéressé par la consultation de sa tablette dernier cri que par la dégustation des mets concoctés par Délicia. Le Poulpe profitant de sa grande taille put constater que c'était Wikipedia qui le motivait ainsi.

Sans scrupules, Gabriel l'aborda :

« Vous permettez, Monsieur que j'emprunte votre tablette ?

– Ce n'est pas que je me méfie, mais j'aimerais mieux m'en réserver l'usage. Mais si vous me disiez ce que vous cherchez, je pourrais vous communiquer les résultats.

– Au passage, j'ai vu une rue Giraudoux ; je le savais né à Bellac et élève à Châteauroux dont un des

lycées porte son nom. Pourquoi donc Pellevoisin l'honore-t-il ainsi?
– Tiens, je ne m'étais jamais posé la question. Mmm, Babylon indique un lien vers Wikipedia...

Jean Giraudoux naît à Bellac, un an avant la nomination de son père à Bessines. Ce dernier quitte le corps des Ponts et chaussées en 1890 pour devenir percepteur à Pellevoisin. Reçu premier du canton au certificat d'études en 1892, Jean Giraudoux entre en octobre 1893 comme boursier au lycée de Châteauroux, qui porte aujourd'hui son nom (lycée Jean Giraudoux), où il fait sa première communion en juin 1894 et est interne jusqu'à son baccalauréat en 1900.

– Intéressant, ça, pour les exposés des troisièmes à propos de *La guerre de Troie n'aura pas lieu.*
– Ah, parce que vous...
– Oui, le Français, le Latin, et même le Grec à quelques uns.
– Timeo Danaos, et dona ferentes.
– Virgile ?
– Non, Astérix, boucla Le Poule, replongé dans sa dégustation. »

Le professeur, un peu vexé de cette rebuffade, replongea sur sa tablette.
Au café, Il ne résista pas à interroger le Poulpe :
« Avec une discrétion curieuse, est-ce que je peux vous demander ce qui motive votre présence dans notre localité ? Le pélerinage, qui a lieu tous les ans le dernier week-end d'août, est passé depuis un moment.
– Oxymore pour oxymore, ma science en ce domaine

est ignorance, reprit Gabriel ; pourriez-vous mettre quelque lumière dans le charbon de mon obscurantisme, enchaîna-t-il, surpris lui-même de s'intéresser à des faits religieux et assez content de pouvoir s'égaler à l'un de ces professeurs de rhétorique qui avaient tant pollué de leurs analyses des textes qu'il aimait avant leur intervention.
– C'est la gloire locale. On n'est pas ici depuis deux jours qu'on en sait presque tout. Pour faire bref, en 1876, une jeune femme, Estelle, qui avait demandé son intervention à la Vierge Marie, guérit d'une maladie incurable et put continuer à secourir ses parents âgés. Dès 1877, l'Archevêque de Bourges autorisa le Culte public à Notre-Dame de Pellevoisin et la chambre d'Estelle fut transformée en chapelle ; la guérison a été déclarée miraculeuse en 1983. Dès le début, de nombreux pèlerins sont venus se recueillir ici. Et, comme je vous l'ai dit, un pèlerinage organisé a lieu tous les ans le dernier week-end d'août[10].
– On se croirait presque dans *La mazurka du Baron...*
– Comparer le réel et la fiction !
– C'est mon vieux fonds anti-tout qui resurgit. Mais ils sont libres d'y croire.
– Pensez à le refréner pendant votre séjour ici ; encore plus si vous vous faites héberger au monastère.
– Je ne devrais pas rester longtemps : juste le temps de rendre les derniers hommages au père Lafraize.
– Vous le connaissiez donc ?

— Oui, j'ai commencé mes études à Saint Grégoire de Nysse, à Évron où il fut mon professeur de latin jusqu'à la mort de mes parents. Mon oncle et ma tante, laïcs comme ils étaient, me retirèrent de Saint Grégoire, me recueillirent chez eux à Paris et m'envoyèrent au Lycée voisin. Leur éducation et les propos des copains au lycée renforcèrent les doutes qui s'étaient éveillés en moi lors de l'homélie prononcée aux obsèques de mes parents. Ce n'est pas l'aumônier qui tentait de nous expliquer Teilhard de Chardin pour faire pièce au prof de Sciences naturelles de Terminale Philo qui améliora la situation, développa le Poulpe avec le sentiment de devoir se répéter à l'infini.
— Moi, j'ai plutôt fait le chemin inverse. De toute façon, si je ne la partage pas, je comprends votre position en ce domaine. Bon séjour ici, si je peux me permettre.»

Chapitre IX

Dies irae, dies illa.

Parvenu, enfin, à l'antenne locale de Saint Grégoire, Gabriel tenta d'intéresser, gestes, mimiques angoissées, appels vocaux, à son cas un *agent de réception des personnes extérieures en visite,* protégé des intrusions par un vitrage pare-balles, Vigipirate oblige, et plongé dans la contemplation de ses vint-deux écrans de contrôle.

« Pourvu qu'ils n'aient pas mis des puces électronique à tous leurs élèves, se gaussa Gabriel en évoquant le Surveillant Général qui se désespérait de ne pas savoir à tout moment où chaque élève du Lycée se trouvait. »

Voyant que toutes ses tentatives d'approche restaient vaines, le Poulpe se résigna aux grands moyens : il tira de sa sacoche un des étuis de Gitanes dont Pedro, son vieil ami, l'ancien anarchiste espagnol, lui avait légué le reste de son stock : il en avait gardé les emballages à cette fin ; il posa la partie extérieure sur sa cuisse et frappa un grand coup, provoquant une sorte de détonation qui eut pour effet de tirer le concierge, car il faut l'appeler par son nom, de sa contemplation et de le faire plonger sous son bureau à la recherche fébrile du bouton de l'alarme anti-intrusions. C'était compter sans les grands bras du Poulpe qui, passés par-dessus la vitrine, le cueillirent et le dressèrent face à lui :

« Je viens de traverser la France pour assister aux obsèques de mon ancien maître, le père Lafraize. Voilà le *qui* et le *pourquoi ; pour* le *comment*, je fais confiance aux bons pères ; quant au *où* et au *quand*, j'attends. »

Heureusement, ses occupations ne laissaient pas au concierge le loisir de méditer sur Raymond Devos ; aussi s'empressa-t-il de bafouiller :

« Notre Dame de l'Alliance, demain 15h 30. Ni fleurs ni couronnes. C'est dans le journal...
– qu'on trouve où ?
– Chez le François, bien sûr, rue Giraudoux. Vous ne l'avez pas vu en venant ?
– J'avais le nez en l'air à lire les plaques des rues, tant j'avais peur de me perdre...»

CHAPITRE X

Les petits corbillards de nos grand-pères

Le Poulpe se fit violence pour entrer dans l'église où devaient être rendus les derniers hommages à son cher père Lafraize. Il n'avait aucun souvenir d'une chapelle depuis le départ de ses parents. Quand il était pensionnaire, il fallait, tous les dimanches, en rang par trois, défiler jusqu'à l'église voisine pour la grand-messe chantée. Le surveillant qui les accompagnait notait, mine de rien, ceux qui n'allaient pas communier. Après leur accident, ses parents avaient fait à l'église un passage auquel s'était joint un Gabriel qui commença à s'interroger quand l'homélie s'aventura dans ces évènements qui « *étant un grand mal aux yeux des hommes cachent peut-être un grand bien aux yeux de Dieu.* » Il était encore trop jeune pour réfléchir aux mésaventures du petit *Dolfi* de *Dino Buzzati* ou aux propos du *père Panneloux* d'*Albert Camus* qu'il découvrit avec délices quelques années plus tard. De ce jour, où il n'avait pas compris qu'on chantât pour célébrer ce qui le déchirait, il n'était entré dans aucun sanctuaire sans y être conduit par l'amitié ou les nécessités sociales.

Nostalgie, intégrisme larvé ou hommage au latiniste qu'avait été le père Lafraize, l'office fut chanté en latin, les Frères de Saint Jean soutenant une assemblée qui avait quelque peu oublié son grégorien. Seules incursions de la langue vernaculaire, les lectures du livre sacré, l'homélie et, plus tard, autour de la tombe, les discours des divers représentants des autorités qui assurèrent l'un :

« *Le père Lafraize a mené de bout en bout le char de sa vie dans les sillons de la foi et de la probité* »,

l'autre :

« *On ne tardera pas à pouvoir orner la poitrine de ce valeureux défenseur des humanités qui font la gloire de notre beau pays que nous aimons tous avec une ferveur qui n'a d'égale que celle que nous déployons au sein du foyer que nous formons avec celle qui nous était destinée, défense que, en dépit des tentatives des réformateurs, ce vaillant représentant des hussards de la République, jusqu'à son dernier soupir, mena avec conviction, prononçant en mourant ces derniers mots : Qualis custos pereo !*[11] ».

Malgré les coups de coude de son assistant qui s'était aperçu que son chef prononçait là l'éloge qu'il lui avait rédigé pour la cérémonie suivante, une heure après et à cinquante kilomètres de là, le départ à la retraite d'un vaillant instituteur franchouillard et laïcard, il persista jusqu'à la dernière des nombreuses feuilles de *son* discours, où il promit à son interlocuteur tous les honneurs laïques. Il fut bien un peu déçu de ne recevoir de lui ni réponse émue et laudative, ni applaudissements des présents, car c'était là la règle de ce jeu convenu ; mais l'assistance était trop surprise ou trop inattentive pour marquer le moindre étonnement.

Sur quelques mots que son assistant lui glissa à l'oreille, il s'appuya sur lui et se dirigea vers la sortie, soutenu comme qui vient d'avoir un étourdissement.

Le Poulpe, qui avait repéré l'erreur, se garda bien de se manifester, se contentant de marmonner « Qualis asinus perdurat[12] ! » sous les yeux courroucés d'une matrone qui avait dévoré des yeux l'orateur ; il décrocha complètement pour les nombreux éloges suivants.

Seules, les voix des élèves de Latin du Père Lafraize chantant sur l'air de *Et maintenant que vais-je faire* le poème qu'ils avaient concocté à sa mémoire, sans crainte, pour une fois, qu'on sanctionnât solécismes et barbarismes, le tirèrent de sa léthargie.

« Nunc mortuus, quid faciebo ?
Longum erit mortis meae tempum
Cum aliis mortibus mihi alienis,
Dum exitum meum transii.[13] »

Sitôt le chœur dispersé, deux uniformes se dirigèrent vers un gamin au teint quelque peu basané qui, à leur approche, s'esquiva derrière le monument en mémoire des enfants du pays morts pour la France lors des deux dernières moissons du siècle passé sur le socle duquel un *mal* pensant avait tagué le début de ce poème d'Apollinaire :

« Je suis la blanche tranchée au corps creux et blanc
Et j'habite toute la terre dévastée
Viens avec moi jeune dans mon sexe qui est tout mon corps
Viens avec moi pénètre-moi pour que je sois heureuse de volupté sanglante
Je guérirai tes peines, tes soucis, tes désirs, ta mélancolie
Avec la chanson fine et nette des balles et l'orchestre d'artillerie...[14] »

Chapitre XI

La petite cuillère n'a pas pu cafter.

« Eh bien, monsieur Lecouvreur, nous avons été ravis de revoir un ancien élève, même si vous n'étiez pas resté longtemps dans les rangs de nos élèves.
– C'est la mort de mes parents qui en fut cause.
– Hélas ! Les voies de Dieu sont impénétrables.
– Mais le chagrin humain est bien réel. Je m'étonne de n'avoir pas vu beaucoup de mes anciens condisciples lors de la cérémonie.
– Ils sont pourtant nombreux lors des banquets d'anciens élèves...
– L'esprit est prompt, mais la chair est faible. Et un banquet remplit plus et plus durablement les ventres que le pain partagé.
– Vous caressez ici le blasphème, mon cher monsieur Lecouvreur, mais il sera beaucoup pardonné à ceux qui ont beaucoup péché.
– Si j'osais, je vous demanderais une faveur, mon Père, avant de repartir.
– Osez toujours.
– Voilà. J'aimerais jeter un coup d'œil à la salle de latin du Père Lafraize, voir s'il avait reconstitué ici la maison romaine que nous avions créée avec lui à Évron.
– Je ne sais pas si c'est possible. Voyez avec le Père Lechat : il n'y a aucun obstacle de ma part.

– Merci beaucoup. »

Le Père Lechat le conduisit aussitôt à la salle Virgile qui ressemblait trait pour trait à celle qu'avait connue Gabriel dans sa jeunesse. Il eut quelque peine à comprendre les inscriptions en latin qui se déroulaient le long des murs des diverses maisons de la Via Fragatona. Il s'apprêtait à repartir quand l'ordre minutieux qui régnait dans la salle vint le perturber.

« Ne m'a-t-on pas dit que le Père Lafraize était décédé après avoir bu son café ?
– Si. Pourquoi ?
– A-t-on fait le ménage de cette salle depuis le malheur ?
– On se croirait chez Conan Doyle avec vos questions... Non, je ne sais pas si le ménage a été fait.
– Alors, où sont passées la tasse à café et la petite cuillère. Elles pourraient cafter.
– Pardon ?
– Désolé, c'est une réminiscence d'un drame normand raconté dans *La petite écuyère a cafté*[15] sur lequel j'ai posé un peu plus que mes yeux.
– Mon inculture en ce domaine est totale, je le crains. Mais on ne pose pas de tasse sous le distributeur pour avoir sa boisson chaude ; ce sont des gobelets en carton.
– Il reste qu'il n'y a pas ici trace de gobelet. La salle est dans un ordre impeccable. Cette disparition est quand même étrange.
- Allons voir, dit le Père Lechat, ce qu'en pensent les autres Pères, et d'abord ce qu'en sait le Père La-

comte qui s'occupe des finances et du quotidien matériel.»

Le père Lacomte, qui préparait un contrôle financier, commença par leur déclarer avec impatience :

« J'ai peu de temps à vous consacrer car nos comptes vont être vérifiés et *ils* ne partiront pas avant d'avoir trouvé une erreur.

– Vous n'avez qu'à faire comme votre prédécesseur, répliqua Lechat ; vous introduisez une erreur volontaire dans vos livres de comptes, pas tout au début pour que ça ne paraisse pas louche. Quand ils l'auront trouvée, ils nous infligeront une amende qui sera largement inférieure à ce qu'ils auraient pu faire s'ils avaient creusé le problème.

– Certes, mais est-ce bien honnête ?

– Rendez à César ce qui est à César. Mais, dites-nous, nous voulions seulement savoir si le ménage de la salle Virgile avait été fait depuis le départ du Père Lafraize.

– Allons donc prendre un café au distributeur. J'en ai bien besoin avec tous ces soucis. »

Entre un café pour les uns et une cigarette pour l'autre, l'atmosphère se détendit.

« Non, reprit Lacomte, la salle n'a pas été nettoyée, puisqu'elle ne sera pas utilisée tant que nous n'aurons pas un nouveau professeur de latin, ce qui risque de poser problème : l'évêché n'ayant plus de prêtre disponible à cette fin, il me faut recourir aux petites annonces ; mais trouver l'étudiant du bon niveau et capable de se libérer à trois mois des concours relève de l'impossible mission.

– Donc, conclut le Poulpe, la salle est restée en l'état.
– Absolument. Le cours du Père Lafraize aurait été le premier de la journée et la salle avait été faite le matin même.»

Au moment de jeter son gobelet vide, il fut retenu dans son geste par l'émotion : les gobelets, loin d'être anonymes comme partout, étaient personnalisés aux armes de l'école, un blason qu'il connaissait bien, associées à une date dont il présuma que c'était celle du jour de consommation. Il le rangea dans sa sacoche.

La disparition du gobelet harcelait insidieusement ses neurones.

« Avez-vous interrogé les élèves au sujet de ce gobelet disparu. Il faut bien que quelqu'un l'ait pris. Ce pourrait, bien sûr, être un collectionneur d'autant que tous vos gobelets sont différents, puisqu'ils portent la date du jour.
– Nous n'y avons pas pris garde. C'est une fantaisie du distributeur de la machine, un ancien élève qui a voulu ainsi nous remercier de tous nos efforts pour le porter jusqu'au brevet.

Tout ce que nous savons, c'est que le Père ne se déplaçait jamais pendant les récréations. C'était un élève, en général Paronyme Palpassous, qui avait obtenu sur la demande du Père le droit d'accéder au distributeur de boissons des professeurs, mais en passant par l'escalier et non par les couloirs comme nous. Puis il redescendait et le Père fermait la porte de l'intérieur. Mais ce jour-là, il avait fallu appeler la clinique du Docteur

Palpassous, car Paronyme avait chuté en cours d'EPS et ne pouvait plus marcher. Mais qui l'a remplacé ? Nescio. Vous semblez accorder beaucoup d'importance à un détail qui me paraît insignifiant .
– Je ne sais pas ; c'est tout mon corps qui est tendu depuis que j'ai fait cette constatation. Rencontrer vos élèves apporterait peut-être une réponse à mes interrogations.
– Souhaitons que vous ayez tort, alors. Mais agissons comme vous l'avez suggéré. Mon Père, voulez-vous bien convoquer dès que possible les élèves de cinquième Saint André.»

CHAPITRE XI

La vérité ne sort pas toujours de la bouche des enfants.

Dans le bureau du Supérieur où présidait par intérim le Père Lechat, Synonyme avait perdu de sa fougue face à un Gabriel Lecouvreur dont les longs bras l'impressionnaient et qu'il prenait à tort pour quelque flic en civil venu troubler le train-train de la pension.

« Synonyme Bertrand, c'est mon nom. Voilà : à la sonnerie, nous devions attendre au pied de l'escalier en fer au coin du bâtiment Saint Eugène que le père Lafraize nous fasse signe de monter. Comme rien ne venait, les copains m'ont demandé d'aller voir ce qui se passait.

– Pourquoi toi, dit Le Poulpe ? Tu es délégué de classe.

– Pas du tout, intervint le Père Lechat ; ici il n'y a pas besoin de délégués. Et s'il y en avait un, ce ne serait sûrement pas lui.

– Comme tous mes temps libres jusqu'aux prochaines vacances d'été sont déjà réservés pour des retenues et des punitions, quand il faut faire quelque chose de risqué, c'est à moi que les autres demandent d'y aller. Pour me punir, il faudrait utiliser les temps libres de la prochaine année scolaire.

– De mon temps c'était pareil, mais il y avait les retenues de petites et de grandes vacances.

– Avec le relâchement moderne, soupira le Père Lechat, le règlement a été assoupli.

— Je vois que le modernisme ne vous a pas épargnés. Alors, Synonyme, qu'as-tu fait ?
— Je me suis monté l'escalier, j'ai frappé à la porte de la salle Virgile. Pas de réponse. J'ai encore toqué trois ou quatre fois sans résultat. Alors j'ai tourné la poignée de la porte ; mais elle ne s'est pas ouverte.
— Elle était fermée à clef de l'intérieur, intervint Lechat.
— Est-ce l'usage ?
— Qu'elle soit fermée à clef ou qu'elle le soit de l'intérieur ?
— L'un et l'autre m'intéressent.
— Les salles de classe doivent être inaccessibles aux élèves en dehors des heures où ils y ont cours. Les enseignants peuvent y rester ou aller prendre une collation à la salle à manger des professeurs, dans le même bâtiment et au même étage que la salle Virgile.
— Alors, qu'as-tu fait ?
— Je suis redescendu en courant prévenir Monsieur Laférule qui m'a envoyé en étude puisque la salle était fermée. Là j'ai informé Monsieur Cocu ; mais le Père Lechat est venu le remplacer et lui a dit de nous conduire en salle Virgile faire des exercices de latin en attendant.
— Et alors, dit le Poulpe ?
— Alors rien, puisque le Père Lechat m'a retenu en étude sous sa surveillance personnelle.
— C'est bien tout ce que tu as vu, dit le Poulpe qui ne voulait pas l'alerter en parlant lui-même du gobelet.
— Oui, sûr. Que voulez-vous que j'aie vu ?
— Moi rien.

– Les choses se sont bien passées comme il le dit, intervint Lechat ; au moins en ce qui le concerne. De toute façon, si vous avez besoin de l'interroger de nouveau, il ne sera pas dur à trouver : il est en classe, en étude ou puni, 24/24 7/7 comme il vous l'a dit lui-même.
– Et ses parents ?
– Ils habitent en région parisienne et sont fort heureux que leur rejeton ne vienne pas troubler leur commerce de Boulanger-Pâtissier-Confiseur, *À l'enseigne de Ragondin*. Peut-il disposer maintenant ?
– Oui, bien sûr.»

Les coïncidences étant une des deux mamelles auxquelles les enquêteurs tètent la vérité, au moment où Synonyme sortait, on entendait toquer à la double porte. Le Père Lechat, parti aux nouvelles, revint suivi d'un roux boitillant, l'air emprunté.

« Je vous présente Oxymore Lemaigre, dit Lechat, un autre élève de la même classe.
– Monsieur Cocu nous a dit que vous désiriez nous voir tous dans le bureau du Père Supérieur ; alors, me voilà.
– Tu devrais être au réfectoire, gronda Lechat.
– C'est bien pour ça que je suis ici : les autres m'ont dit qu'avec tous mes kilos en trop je pouvais bien sauter un repas et leur laisser ma part.
– Alors qu'as-tu à nous raconter ?
– Nous attendions le signe du père Lafraize. Comme il ne venait pas, on a demandé à Synonyme d'aller voir ce qui se passait. Il est redescendu disant que la porte était fermée à clef.

— On savait déjà tout ça, mais ça confirme.
— Un moment après, Monsieur Cocu nous a fait monter.
— Et alors, dit le Poulpe ?
— Alors rien : je suis toujours le dernier sur les rangs et Monsieur Cocu a refermé la porte aussitôt après avoir jeté un coup d'œil dans la salle et nous a fait redescendre ; mais Paronyme et Hyperonyme qui étaient les premiers ont peut-être vu quelque chose.
— Les trouve-t-on chez Maquet et Flûtre, ces deux-là, dit le Poulpe ?
— Non, répondit Lechat qui, n'étant pas helléniste n'avait visiblement pas compris l'allusion à ce célèbre duo de grammairiens. Chez leurs parents, car ils sont externes. Paronyme et Antonyme sont les fils de Monsieur Palpassous, le fondateur, constructeur, directeur et docteur de la clinique amaigrissante éponyme qui fait la gloire de notre ville, et sa fortune. »

Gabriel ne put que marquer d'un sourire entendu qu'il avait décrypté l'ambiguïté papelarde de ce dernier possessif.

« Hyperonyme est un enfant que nous accueillons par charité chrétienne ; ses parents vivent dans une caravane non loin du terrain de camping municipal. »

Voyant qu'il ne gagnerait rien à s'attarder, Gabriel prit congé sur l'assurance qu'on lui fit qu'il serait à tout moment le bienvenu.

« Je ne voudrais, dit-il, pas perturber plus longtemps

la bonne marche de cet établissement, d'autant que la pause pour le repas n'est sûrement pas extensible et que je crains qu'interroger d'autres élèves n'apporterait rien de plus à ce qui n'est de ma part qu'une impression, une intuition, si on veut.
– Vous ne nous dérangez pas, glissa le Père avec onctuosité ; vous risquez simplement de compliquer un peu le déjeuner de quelques élèves. Mais vous êtes libre et de nous quitter maintenant et de revenir quand vous le souhaitez. Espérons simplement que la nécessité ne s'en fasse pas sentir. »

CHAPITRE XII

La guerre des bourrés pourrait avoir lieu.

Chez Délicia, où Gabriel fut conduit, assez consentant, par le besoin de boire une bière, l'atmosphère était au moins au quatrième dessous : l'équipe locale de palet, le GSPP, lui expliqua Délicia, venait de se faire battre au Canada par une bande de lointains cousins de Schefferville rencontrés au nom du jumelage.
« De dépit, ils en ont éteint la télévision pour la première fois depuis douze ans.
– Le seul bar que je connaisse, mais avec une télévision toujours éteinte, c'est à Paris, au Harry's bar : elle y a été allumée une seule fois...
– Que bois-tu ?
– En matière de boisson, je suis très fidèle. Une bière comme d'habitude.
– Ne me demande pas une *Eau bénite*. Ça déclencherait une émeute.
– Pourtant, dans cette ville, l'eau bénite serait plutôt de rigueur.
– Oui, mais c'est aussi une bière québécoise. J'ai un joli assortiment de bières de là-bas. Au début de la rencontre, ils ont sifflé des bières des copains exotiques ; puis au fur à mesure des déboires de notre équipe, ils se sont mis à les dénigrer « *c'est de la pisse d'âne. Rien ne vaut le Made in France !*» pour se rabattre sur de la mousse franchouillarde. Plus les Canadiens marquaient, plus

ils buvaient. Il y en a même un qui a commencé :
« *Encore une qu'ils ne nous sucreront pas!* »
– Tu es sûre qu'ils ne vont pas être malades de toute cette bière qu'ils ont bue en regardant la télé ?
– Laisse tomber, veux-tu; je suis patronne de bar, ni assistante sociale ni infirmière. »
Plusieurs bières locales plus tard, le Poulpe exposa le but de sa visite.
« Dis-moi. Sais-tu où se trouve le campement des Tziganes ?
– Oui, bien sûr ; je vais t'expliquer.
– On a fini par les laisser s'installer dans le *Champ tortu*, près du ruisseau à côté de l'ancien lavoir, intervint un des champions de lancer de sous-bocks, la trogne enluminée. Ils y ont ainsi l'eau gratuite à volonté.
– Et pas loin du dépôt actuel d'ordures, précisa, amère, Délicia.
– On aurait dû les expulser, intervint un autre. Où ils passent on ne compte plus les vols, les dégradations, toutes les saloperies possibles.
– Dis donc, Legrobil, le dernier vol depuis que les Tziganes sont ici remonte à deux mois et c'était un gars du coin qui avait fauché les économies de la mère Blanchet, l'ancienne coiffeuse, reprit-elle.
– N'empêche.
– Quant aux dégradations, à part des tags en français ou en patois berrichon...
– Ouais !
– À moins que ces Tziganes soient trilingues ?
– J'avais compris, admit-il en replongeant dans une

mousse qui n'avait pas eu le temps de retomber.
- Bon, reprit Délicia en s'adressant au Poulpe, je vais te montrer le chemin.
- Eh, l'étranger, garde tes mains dans tes poches, conclut Legrobil.
- Il met ses mains où je veux, répliqua-t-elle. Quant aux miennes, elles sont disponibles pour qui veut en tater. »

Chapitre XIII

À l'assaut de la tour de Babel

Le chemin où l'avait conduit Délicia était simple à suivre : les ornières créées par les bennes à ordures y suffisaient.

Il déboucha enfin sur une zone délimitée par de vieilles bouchures assez desséchées et dont l'entrée se trouvait à l'opposé. Il commença par râler, puis, se souvenant de ses jeunes années à la campagne, il repéra un échalier qui lui permit d'enjamber la bouchure.

Le sol se montra plus accueillant qu'un noble vieillard qui le tenait dans la ligne de mire de sa carabine disant :

« Cine este acest străin care vine fără semnalare?
(Qui est cet étranger qui vient sans être invité ?)
– Je viens en ami.
– Ce limbă străină vorbesc, prin urmare, acest străin ?
(Quelle langue étrangère parle donc cet inconnu ?)
– Vorbesc franceza si vin ca un prieten,
(Je parle français et je viens en ami)
répliqua le Poulpe, rassemblant les quelques bribes de roumain qu'il avait acquises lors de son épisode avec Alma et en consultant Internet.
– În cazul în care ai învăţat aceste cuvinte ? Este mai bine, înşela nici o îndoială. Singurii care ne vorbesc, acestea sunt jandarmii a spune ne să plece. »

(Où as-tu appris ces mots ? C'est pour mieux nous tromper, sans doute. Les seuls qui nous parlent, ce sont les gendarmes pour nous dire de partir.)

Le Poulpe, saisissant qu'on le prenait pour un gendarme, exhiba sa carte d'identité, la vraie, pour une fois, sans autre succès qu'une nouvelle imprécation de son interlocuteur dont nous reproduisons ici en français ce que le Poulpe crut comprendre.

« Les policiers ... en civil et ... des papiers comme ceux-ci. »

Soudain, l'inspiration lui vint, et il montra la photo de foire où Alma et lui posaient main dans la main devant tout un groupe musical sur fond de Tour d'Hercule barrée de cette dédicace : « Te iubesc, vă Alma . » *(Je t'aime, ton Alma.)*

Son interlocuteur ne sembla pas le moins du monde calmé par la vue de cette photo ; bien au contraire ses propos dans lesquels Gabriel ne distingua sans les comprendre que «vrithem ... sinda » *(étranger... malheur)* se firent menaçants.

Les portes de toutes les caravanes étaient fermées et les volets rabattus. Personne en vue, si ce n'est mi-caché derrière une machine à laver, la frimousse qu'il avait aperçue au cimetière.

Le vieillard avait suivi le regard du Poulpe et proféra une longue psalmodie à la suite de laquelle le jeune s'approcha sans pourtant manifester la moindre appréhension.

L'enfant interrogea dans leur langue celui dont Gabriel apprendrait plus tard qu'il est son grand-père et entrepris de traduire ses propos à l'usage du francophone de service.

« Mon grand-père croit que vous êtes un gendarme ou un policier déguisé en civil, pour mieux pouvoir nous espionner. Il est très fâché qu'on ose lui montrer une photo d'une de ses nièces main dans la main avec un étranger. Comme si, dit-il, il pouvait y avoir un amour entre eux.

– Pourtant, j'ai bien connu Alma quand elle était en tournée à Paris avec sa troupe. Nous serions restés ensemble si elle n'avait pas soudain décidé de repartir en Espagne où je ne pouvais la suivre, déclara Gabriel sans s'étendre sur les vraies raisons, capillaires et Chérylesques, de cette impossibilité.

– *Tu l'as déshonorée à jamais et délaissée. C'est encore pire !*

– Mais non, c'est elle qui est partie. Il me fallait décider sur le champ de la suivre ou non en Espagne. Elle n'a pas pu ou pas voulu attendre. Vous n'avez qu'à lui demander.

– *Elle est trop loin.*

– Je connais son numéro de téléphone.

– *Elle a pu te donner son numéro de portable en France. Ça ne prouve pas que tu sais où elle est.*

– J'ai aussi le numéro de son domicile en Espagne, dit Gabriel en tendant un carnet.»

Le grand-père se laissa fléchir par le gamin qui, muni d'un portable préhistorique, entreprit une conversation animée et extrêmement rapide dont le Poulpe ne comprit pas un mot ; mais, ayant à son issue le sentiment d'être, sinon le bienvenu, du moins accepté, il présuma que les propos d'Alma avaient été rassurants.

Un cri de l'ancêtre, et toutes les portes et les fenêtres se rouvrirent, des jeunes et des moins jeunes surgirent de tous les endroits où ils s'étaient dissimulés, chacun reprenant ses occupations, entre autres la reconstitution de vélos à partir de pièces prises sur d'autres en encore plus mauvais état. On lui expliqua par la suite que les vélos étaient très répandus dans la région, *écologisme oblige, se dit-il,* mais que, comme il n'en existait aucun réparateur dans un rayon de cinquante kilomètres, les gens recouraient à eux, certains même leur donnant leurs vieux clous qu'ils pouvaient revendre après restauration.

Dans un autre coin, on testait du matériel récupéré à la déchetterie : il ne fut pas surpris qu'une bonne partie en fût encore en état de marche, jeté simplement parce qu'il était devenu obsolète. Il manquait bien, ici un cordon d'alimentation, ailleurs l'alimentation entière d'un téléphone portable vraisemblablement dérobé à quelque distrait qui n'emportait pas tous les accessoires partout avec lui. On lui montra avec fierté deux ordinateurs si bien reconstitués qu'on eût cru qu'ils sortaient du magasin.

« Que faites-vous de tout ce matériel, demanda Gabriel ?

– Il y a partout des gens sans grandes ressources : ils ne veulent pas demander un crédit et ils auraient peu de chances d'en obtenir un. Comme ils ne nous coûtent rien, nous pouvons leur vendre les appareils à des prix minimes, service après-

vente compris par échange de machine, si nécessaire, expliqua celui qui se comportait comme le responsable de cette unité de recyclage.
– Il faut qu'ils soient vraiment très pauvres pour ne pas pouvoir montrer un dossier de crédit.
– Ou alors ils ont été victimes auparavant de ces cartes d'achat à *presque rien par mois c'est vous qui choisissez combien,* qu'on donne sans trop regarder.
– Oui, avec des taux qui flirtent avec le taux d'usure, précisa Le Poulpe.»

Les préposés aux cuisines s'étaient activés dans l'intervalle et vinrent prévenir qu'il fallait se disposer pour le repas. Hyperonyme le conduisit jusqu'à la table devant laquelle se tenaient debout tous les membres de la famille, attendant que le patriarche ait terminé le *Benedicite* et marqué le pain d'une croix avant de le rompre et d'en distribuer les morceaux. Une place, cependant, resta vacante qu'il désigna d'un air réprobateur.

Gabriel, sans être pénétré de préjugés culinaires, ne s'attendait pas cependant aux délices auxquels il eut droit, sous-titrés comme les discussions :

Salată de vinete : *caviar d'aubergines.*

Salată din ardei copt : *poivron grillé et mariné en salade.*

Mititei cu mămăligă : *petite saucisse de porc, mouton et bœuf accompagnée de polenta.*

Une jeune femme arriva juste à temps pour prendre le relais des traductions après des présentations sommaires:

« Baclava cu nucă , *baclava aux noix,* dit-elle en en picorant un avec gourmandise. »

Le Poulpe n'en croyait pas ses yeux, tant la ressemblance avec Alma était forte. Gênée par son regard insistant, elle s'apprêtait visiblement à faire une remarque quand Hyperonyme lui chuchota une information qui, combinée avec la photo, la rassura instantanément.

L'ancêtre l'apostropha et elle dut s'expliquer, mais elle le fit en français.

« Le Docteur Palpassous m'a ordonné de rester au centre de soins parce qu'ils attendaient un nouveau patient. Celui-ci arriva en retard, sa voiture ayant eu une panne sur l'autoroute.

Comme il fallait transporter tous ses bagages, les ranger, attendre qu'il ait pris son bain relaxant inaugural avant de le conduire en salle de remise en formes, j'ai dû rester deux heures de plus que prévu.

– Il en prend à son aise, remarqua Gabriel. C'est payé en heures supplémentaires, j'espère.

– Non, il n'existe pas d'heures supplémentaires ; mais, les fois où je dois m'absenter pour rencontrer les professeurs de mon frère, on ne me déduit pas les heures non faites.

– Un bon patron, en somme.

– Oui. Grâce à lui, j'ai retrouvé du travail quand les sœurs ont dû me renvoyer. Je peux ainsi continuer à payer les frais d'école de mon frère.

– Les Pères disent qu'ils l'ont accueilli par charité...

– Charité et gratuité ne sont pas sœurs jumelles, cher homme aux grands bras !

– Certains m'aiment sous le nom de Poulpe...
– Le poulpe est si dur qu'il ne se consomme que battu. »
Sentant la conversation s'acheminer vers une forme de marivaudage qui ne lui déplaisait pas, mais qui le détournait de son objectif, Le Poulpe redressa le gouvernail :
«Le Docteur vous donne un bulletin de salaire chaque mois ?
– Je ne travaille pas pour lui depuis un mois. Non, il me donne une enveloppe chaque semaine. »
Gabriel ne jugea pas utile d'insister sur ce point, se réservant d'approfondir la question ultérieurement, d'autant que son interlocutrice revenait sur la photo qui avait servi de sésame. Il répéta donc à son intention le récit qu'il avait fait précédemment. Mais elle insista sur les raisons pour lesquelles il n'avait pas suivi Alma :
« Tu es sûrement comme tous les hommes : quand une occasion se présente : profiteur, menteur et pas très courageux. En fait, tu avais une femme à Paris, et tu as pris du bon temps avec Alma, en lui cachant ta situation.
– Oui, j'ai une femme à Paris, mais nous pratiquons une totale liberté de choix de partenaires occasionnels ; Alma était au courant de tout. Non, j'étais vraiment amoureux d'elle, au point d'envisager de tout abandonner pour la suivre.
– Admettons. Mais, qu'es-tu venu faire ici, et surtout dans notre campement ?
– J'étais venu pour honorer le départ du Père Lafraize qui a été mon professeur de Latin quand j'étais

pensionnaire à Saint Grégoire de Nysse. Ayant appris son décès, je suis d'abord allé à Saint Grégoire à Évron où j'ai appris qu'il était parti dans l'Indre. Je suis donc venu jusqu'ici. J'aimerais en apprendre le maximum sur ses derniers instants. Or, ton frère, Hyperonyme est un des deux élèves qui étaient au début des rangs quand on les a fait monter jusqu'à la classe du Père Lafraize et les Pères m'ont dit que je pourrais le trouver ici.

– De quoi l'accuses-tu ?

– De rien ; simple curiosité, un peu malsaine, il est vrai, répliqua Le Poulpe qui ne voulait pas alerter ses interlocuteurs avant que ses pressentiments eussent reçu un début de confirmation.

– Bon, je vais le chercher, mais prends garde à toi si tu m'as trompée ! Au fait, il s'appelle Virgil. Hyperonyme c'est une invention des curés, je me demande bien pourquoi il lui ont donné un prénom aussi compliqué.

– Et un brin ridicule, il faut en convenir.»

Lorsqu'il vit arriver Virgil, le Poulpe s'expliqua la méfiance de sa sœur : c'était le gamin qui s'était esquivé lorsqu'il avait vu, au cimetière, deux uniformes se diriger vers lui, comme s'il avait été coupable. Les doutes sur sa véritable fonction n'étaient visiblement pas complètement levés.

« Bonjour, Virgil.

– Msieur ?

– Gabriel Lecouvreur, ancien élève du collège où tu te trouves.

– Oui, on vous voit sur une des photos de distribution

des prix, il y a très longtemps.

— J'avais eu le prix de rédaction en sixième.

— Et vous aviez envie de revoir votre classe. Ce collège n'existait pas à votre époque !

— *Peste*, se dit Gabriel, *il ne va jamais me croire si je ne lui explique pas l'histoire de la mitose du collège. Je suis condamné au rabachage. Enfin, résignons-nous...*

Le collège était à Évron...

— Oui, jl'ai entendu raconter par l'Père Lafraize.

— Je l'aimais bien et je suis venu pour son enterrement.

— J'vous y ai vu avec vos grands bras.

— Et, comme j'aime bien les histoires, je voulais juste savoir ce qui s'est passé le jour où il est parti. Ça fera une sorte de sujet de rédaction. *Espérons que ce bobard passe sans accrocher.*

— Pasque vous faites encore des rédactions à votre âge ?

— Oui, et souvent, mais pas toujours par écrit, *comme celle qu'il me faudra faire au Pied de Porc, de retour à Paris.* »

Gabriel sentait sur lui le regard de Luminita, mais n'osait lever les yeux sur elle de crainte de lire dans son regard des sentiments semblables aux siens.

« Virgil, veux-tu un bec ?
— Je n'ai pas besoin d'ampoule ! Il fait jour !

— *Ça m'apprendra à vouloir faire jeune quand on ne l'est plus.* Prends donc un bonbon, tu en veux un ? »

Regard rapide vers sa sœur qui précisa avant d'autoriser que *bec* est le mot roumain qui désigne une ampoule.

« Veux-tu me raconter comment s'est passée pour quand le Père Lafraize est mort ?
— Quand le Père est mort, j'ai essayé de faire les exercices de latin que le pion avait écrit leurs numéros au tableau de la salle Marot.
— *C'est de ma faute ; j'aurais dû dire le jour où.* Mais avant, qu'as-tu fait ?
— On avait eu, comme d'hab, TP de S.V.T, puis E.P.S., puis la récréation.
— Pendant la récréation ?
— J'ai mangé le sandwich que Luminita m'avait préparé et j'ai bu un peu de la boisson que j'avais apportée dans mon sac de sport.
— Et ensuite ?
— Ensuite, comme j'vous l'ai dit, je m'suis mis à faire les exos de latin comme le pion l'avait mis au tableau de la salle Marot.
— Mais pourquoi étiez-vous dans cette salle ?
— Je sais pas. »
« *Pourvu que cette question ne téléguide pas la réponse, médita Gabriel.* Qui, d'habitude, apporte son café au Père ?
— Paronyme Palpassous, mais, ce jour-là, il avait chuté dans l'escalier et c'est moi qui l'a remplacé.
— Et puis ?
— Je viens de vous le répéter : je me suis mis aux exos de latin. »
« *Étrange perte de mémoire, se dit Gabriel avant de prendre congé. Il va falloir en démêler les causes : méfiance, peur ou une autre raison ? Merci, Virgil. Encore un bonbon ?*

– Volontiers et je vous dirai un truc en Latin qu'on a appris : Mala mala mala mala mala mala est.
– Petit rusé : La mauvaise grand-mère, avec sa mauvaise machoire mange de mauvais fruits. Le Père nous la faisait aussi, une fois par mois, par peur qu'on l'oublie. »

« Je vais te raccompagner, lui dit Luminita, en souvenir d'Alma.
– Qu'en diront les hommes de ta famille ?
– Je suis libre de mes mouvements pour travailler et leur ramener mes gains, alors je le suis aussi pour le reste... Je connais un raccourci...»
Le chemin du retour fut l'occasion pour Le Poulpe de vérifier que si tous les chemins mènent à Rome, certains raccourcis ralentissent le trajet. Ils prirent l'itinéraire vert, cueillirent des mûres ici et là, pas toujours sur les ronciers et firent quelques exercices de secourisme quand l'un ou l'autre défaillit.

Chapitre XIV

Il ne suffit pas de vouloir travailler pour pouvoir le faire, ni de trouver un employeur pour être employé par lui.

Gabriel, intrigué par les propos de Luminita sur les sœurs qui avaient dû la renvoyer, en particulier par ce *dû*, a obtenu de leur Supérieure de rencontrer les sœurs à l'initiative du recrutement de Luminita. Elles sont volontiers entrées dans le vif du sujet.

« Nous étions dans les rues de Châteauroux ; Sœur Marie-Gabrielle poussait le chariot des provisions de la semaine, pendant que je feuilletais un exemplaire de *20 minutes* que j'avais trouvé sur un banc, craignant le pire : 20 fois, vous pensez, déjà qu'une seule c'est beaucoup. Mais c'était de l'actualité standard, même, hélas, cette citation du maire :

La situation est devenue intolérable. Des camps de gens du voyage se sont improvisés, et cela gêne considérablement les riverains. Moi, je suis de leur côté. Le confort des Castelroussins m'intéresse plus que celui des gens du voyage. Dès que ces gens sont dans les parages, la délinquance augmente.[16]

Distraite par mon indignation, je buttai dans une jeune femme qui tendait la main aux passants en disant :

" S'il vous plaît, donnez-moi un emploi ou un peu de monnaie pour acheter de quoi manger.

– D'où venez-vous, lui dis-je, en fouillant dans mes fonds de poche ?

– De Roumanie, évidemment, intervint Sœur Marie-Gabrielle.
– Oui de Roumanie, au centre de Bucarest.
– On pourrait peut-être faire une tentative, me glissa Sœur Marie-Gabrielle. Notre aide de cuisine, Marie-Amélie, est enceinte et va partir en congé de maternité.
– Avez-vous déjà travaillé , demandai-je ?
– Oui, cinq ans en Espagne où j'ai été quatre ans serveuse de bar et aide de cuisine et un an au service de personnes âgées et d'enfants dans un établissement spécialisé. "
– Notre Mère Supérieure accepta volontiers ce remplacement qui lui épargnait moult démarches auprès des instances officielles de *fourniture* de personnel. Un mois se passa à la satisfaction générale : des Sœurs pour leurs repas quotidiens, des pèlerins qui mangeaient au réfectoire, de Luminita qui touchait son salaire, de l'Urssaf qui prélevait les charges sociales.
– Vous employez l'imparfait pour parler de ce qui semble plus que parfait, osa Gabriel...
– Ne vous moquez pas ! Pitié, la grammaire ne m'a pas laissé de souvenirs impérissables.
– Je vous prie de m'excuser, mais quand une astuce effroyable me traverse l'esprit, je suis incapable de m'abstenir de la servir chaude. Je voulais simplement dire que vous en parliez comme si c'était une affaire finie.
– C'est une affaire finie et nous le regrettons tant pour nous que pour elle. Mais, seule la Sœur Su-

périeure et la Sœur Dépensière connaissent bien les raisons pour lesquelles nous avons dû nous séparer d'elle. Nous savons juste qu'il s'agit d'un problème légal.
– Je crois savoir de quoi il s'agit et qui a aidé la justice à prendre connaissance de la situation ; je ne manquerai ni d'approfondir le sujet dès que j'aurai résolu le problème qui m'amène ici, ni de vous communiquer le résultat de ma quête.»

Chapitre XV

Comprendre les méandres de l'administration demande plus de travail que sortir du labyrinthe de Dédale.

« Je vous remercie, ma Sœur, de me recevoir. J'aimerais vous poser une question que je crains indiscrète et dont je subodore la réponse.
– Il s'agit sans doute des raisons pour lesquelles nous avons dû nous séparer de Luminita ; les Sœurs m'en ont parlé. Mais, indiscrétion pour indiscrétion, qu'est-ce qui motive votre intérêt pour elle ?
– C'est une amie roumaine dont j'ai dû me séparer. Elle avait trop besoin de grand air pour rester cloîtrée à Paris dans une chambre d'hôtel et elle est repartie en Espagne avec son groupe de danse et de chant. Elle s'appelait Alma et c'est une vraie cousine de Luminita.
– Je comprends mieux maintenant votre intérêt pour cette jeune femme et sa triste histoire.
– Il y a bien des chances, répliqua Gabriel, qu'il s'agisse de jalousie et de délation, attitudes qui caractérisent mieux que la charité beaucoup de nos contemporains.
Je sais que, dans une ville que je connais pour y avoir démêlé un trafic d'enfants sud-américains importés, dix des restaurateurs ont porté plainte pour concurrence déloyale contre le restaurant d'application de l'Institut saint Prosper où à peine

seize personnes pouvaient, en partageant les tables avec des inconnus, non seulement déjeuner, mais dîner, en dégustant les plats concoctés par les élèves, quand ils offraient, à eux tous, plus de six-cents places aux 15 000 habitants de la ville.[17]

– C'est à peu près ce qui s'est passé ici. Pendant un repas, nous avons reçu la visite d'un inspecteur du travail qui, ayant vu les papiers de Luminita, déclara que, n'ayant pas le droit de d'être employée en France sans autorisation de travail délivrée par la préfecture, elle était considérée comme travailleuse au noir. Nous fûmes donc convoquées au tribunal.

Le magistrat fut sensible à notre bonne foi, car nous l'avions déclarée à la Caisse d'Allocations Familiales et avions payé les charges sociales sur les salaires que nous lui versions. En revanche, notre avocat eut beau prétendre que l'inspection subie était illégale puisqu'elle était intervenue pendant un service, nous empêchant de faire notre travail correctement, le magistrat conclut qu'il fallait nous séparer de notre employée.

– Si je comprends bien, vous aviez le droit de payer des charges pour quelqu'un que vous n'aviez pas le droit d'employer ? Et aucune solution ?

– Nous avons fait le tour des instances et des textes : tout citoyen européen avait le droit de travailler légalement en France, sauf les Bulgares et les Roumains. Ceux-ci, sauf les prestataires de services, devaient disposer d'une autorisation de

travail ; mais pour obtenir celle-ci, il fallait un titre de séjour pour l'obtention duquel une des conditions était d'avoir un travail. Heureusement, maître Hubert de La Tour du Coin était présent pour nous traduire bénévolement le galimatias officiel.
- Au moins, les hommes peuvent tenter la Légion étrangère. Un encouragement à frauder. Elle aurait dû se marier avec un Français, ses ennuis auraient alors été terminés. Au fait, aviez-vous déjà été contrôlées par le passé ?
- Non jamais.
- Avec 2256 agents de contrôle pour 18 300 000 salariés, c'est un concours de circonstances assez extraordinaire pour confirmer mon idée d'une délation dont j'entrevois l'auteur.»
- Mais, non, voyons, pas Délicia ! Elle nous aide régulièrement.
- Je n'ai pas pensé à elle un seul instant, car je connais, pour l'avoir vue à l'œuvre avec les paleto-biéromanes locaux, son ouverture d'esprit à l'égard des étrangers. De plus, vu la qualité de ses produits, elle n'a aucune concurrence à craindre dans son domaine. Quelqu'un d'autre, plus riche et qui sait bien ordonner sa charité.
- Dieu veuille que vous vous trompiez, conclut la Supérieure ! »

Perdez des formes

PALPACURE

Gagnez en forme !

Chapitre XVI

La vérité sort du puits, quand elle ne s'est pas noyée.

La situation du Centre de Remise en Formes, un peu en-dehors de la ville, en haut d'un abrupt vallonnement, offrait au mal-portant qui l'abordait un avant-goût des délices qui l'attendaient au sommet. Le Poulpe en profita pour se féliciter une fois de plus de n'avoir pas imité Pedro et sa provision de Gitanes maïs, et d'avoir refilé son stock de poison nicotinisé aux charitables nonnes de *Ma Maison* : ce serait toujours mieux pour les vieux que les mégots qu'elles leur récoltaient aux terrasses des bistrots.

Découvrant la poupée Barbie peroxydée et tartinée qui tentait de jouer le Cerbère souriant dans sa vitrine, sous des banderoles censées conforter le client potentiel et culpabiliser les hésitants face à un Docteur de l'ordre des Rebuteux .

Tout mince est un obèse qui se néglige.

PALPACURE

Mince, je suis GROS

PALPACURE

Chic, je suis mince !

Il se dit que si la nourriture était aussi appétissante que le spectacle, les curistes avaient toutes les chances de perdre quelques uns de leurs grammes superflus. La cerbère s'arracha avec un soupir à la contemplalecture d'un numéro d'*Exploser* dont, malgré la distance, il put lire le titre : « Comment accrocher un mec et le garder. » et se résigna à s'adresser à lui :
« Vous désirez, soupira-t-elle ?
– Rencontrer le docteur Palpassous.
– C'est pour une visite préalable à votre admission ? Il faut prendre rendez-vous ; mais l'ordinateur dit qu'il n'y a aucune plage libre avant quatre mois, répondit-elle sans même regarder l'écran qui scintillait devant elle.
– Dites-lui, pas à l'ordinateur, au docteur, que c'est pour une visite préparatoire à une subvention...
– Nous subventionnons déjà l'A.D.A.M.I, l'Association des Descendants des Anciens Morutiers de la mer d'Islande, grinça-t-elle, le Q.C.M, pour ceux Qui Craignent de Mourir, l'A.F.C.A.P.E, l'U.M.D.P.F, le C.Q.F.D., le...
– Je ne viens pas demander une subvention, mais voir si je peux en attribuer une.
– Qui dois-je annoncer, sourit-elle instantément ?
– Alexis Planque, délégué spécial du ministre auprès du préfet de Région pour les affaires sociales et sanitaires. »

C'était l'une des identités que Pedro lui avait laissées en héritage sur des documents on ne peut plus officiels, juste un peu personnalisés avec humour par ses soins. Le Poulpe en gardait toujours deux ou trois dans son porte-cartes au cas où... La source étant désormais tarie, il en usait cependant avec parcimonie.

Le téléphone annonça l'accord du docteur qui « *Je le recevrai d'ici une heure entre deux malades...* » en devenir, compléta mentalement le Poulpe.

« *En attendant, s'il désirait visiter les locaux, on lui dépêcherait une assistante de cure.*
– Volontiers. »

C'est sans regret que Gabriel laissa à leur méditation morose les futures reformées, pour l'instant réformées car déformées, qui attendaient le bon vouloir du docteur : une brune un peu forte qui lui rappelait la femme d'un boucher pervers connue dans un autre centre de remise en forme, une très jeune blonde presque squelettique que tentait de rassurer celui que Gabriel préféra croire être son grand-père :

« Mais non ; ici il ne te forceront pas à manger. C'est toi qui réclamera de la nourriture tellement tu auras faim.
– Mais avec ce que j'ai mangé en voyage, j'ai déjà pris au moins cent grammes. Je vais être affreuse. »

Gabriel découvrit avec stupeur, sous la tenue réglementaire, venue l'accueillir, une Luminita qu'il avait connue dans une autre tenue plus découverte et plus seyante.

« Si Monsieur veut bien me suivre.
– *Je le ferais jusqu'au bout du monde si tu me le demandais.* Volontiers, Lum...
– Ici, ils ont décidé que c'est Émilienne.
– Ça fait plus couleur locale et moins immigré.

– Nous allons commencer par les chambres des curistes : comme ils sont en salle de remise en forme musculaire, les chambres sont vides et on en profite pour faire le ménage. »

Un long couloir moquetté de gris, des chambres presque monastiques : dix mètres carrés chacune, le minimum légal, observa le Poulpe, un lit, une petite table, une télévision *avec laquelle on ne peur voir que les programmes autorisés par le directeur de cure, ce qui évite les tentations des publicités pour des produits dangereux pour leur ligne ou le spectacle de films où des actrices filiformes mangent comme si rien ne pouvait altérer leurs formes,* un fauteuil et une chaise pour un éventuel visiteur.

Au bout du couloir, Gabriel désigna une porte.

« Nous ne pouvons pas la franchir. Elle donne sur les appartements privés de la famille Palpassous. »

Devant la porte stationnait un chariot de ménage dont le *volume d'entreposition des composants recyclables,* ainsi que le bafouilla Émilienne-Luminita, s'était en partie déchargé sur le sol, y déposant entre autres un gobelet en carton en tout point semblable à ceux qu'avait vus le Poulpe en partageant le noir nectar de l'abbé Delisle avec les bons Pères de Saint Grégoire.

« Encore un coup de Litote, le fils cadet, constata *Eluminita*. Il ne sait pas marcher ; il faut toujours qu'il coure, même quand les portes sont fermées. On ne compte plus les gens ou les choses qu'il a ainsi renversés. »

Elle se précipitait pour ramasser les déchets épars,

mais elle fut devancée par Gabriel qui en profita pour empocher le gobelet. Elle le remercia de son aide, sans oser lui demander les raisons d'un tel larcin.

« Nous allons retourner, dit-elle, au bureau du Docteur, car l'heure approche.

– Ma mission veut que j'examine aussi les salles de soins.

– Les seules personnes autorisées à y pénétrer sont le personnel médical et les patients sous régime. »

Doctement et très fort, au cas où des oreilles invisibles l'écouteraient, Gabriel déclara :

« Il doit exister un moyen d'y jeter un coup d'œil sans être remarqué. On ne peut pas imaginer que dans une pareille entreprise, la direction ne puisse pas contrôler la bonne application par le personnel soignant des consignes médicales qu'elle a données. C'est d'ailleurs préconisé par la norme OBE.Z 1245 paragraphe 32 alinéa 26.

– Il existe effectivement un judas à chaque salle. Les patientes avaient demandé qu'ils soient obturés quand l'une d'entre elles, arrivée en retard, a découvert un des garçons Palpassous collé au regard, mais, pour la forme, ils sont juste un peu coincés. »

Gabriel écouta donc avec le plus grand sérieux les explications de sa guide.

« Ici la salle de travail : espaliers, médecine balls, machines à marcher...

– Très bien, tout ça, musique autorisée par le décret de conformité musicale. Spectacle pourtant un

peu désolant. Même si ce n'est pas un métier à risque, il faudrait que les animateurs perçoivent une prime spéciale pour les dédommager des agressions visuelles et olfactives subies dans cette salle : la graisse doit y suinter par tous les pores.
— Tu n'imagines pas ce qu'il faut éponger après chaque séance, chuchota-t-elle. »
Baiser furtif.
« Enfin, la salle de détente sur musique planante.
— Rien à redire à tout cela. »

Au retour vers le bureau du Docteur, Luminita qui, tout le long de la visite avait frôlé Gabriel, faisait grise mine, comme qui sent s'approcher la fin d'un épisode plaisant. Le duo presque arrivé, elle lança cette demande :
« Tchoumidéma ! »

que le Poulpe, se reprochant de ne l'avoir pas anticipée, s'empressa de traduire en action.

Quand il entra dans le bureau de Palpassous, une très jeune brunette se relevait et s'apprêtait à partir quand le docteur l'arrêta :
« Restez avec nous, Émilie. Monsieur Planque, désirez-vous vous entretenir avec moi seul à seul ? »
— À question rhétorique, réponse obligée, analysa le Poulpe.
Il n'y a en effet aucun secret d'état dans ma démarche. Simplement, le Ministère disposant d'un potentiel financier important provenant d'économies sur ses dépenses de fonctionnement et les remboursements de méthadone, j'ai été chargé

de repérer les établissements méritants susceptibles de profiter de cette manne. Il suffit de remplir certaines conditions médicales et sociales.

Sur le plan médical, ma visite est concluante : il n'y a aucun problème. Sur le plan social, j'ai une inquiétude concernant la personne qui m'a conduit pendant ma visite, une femme de ménage qui parle un français plus qu'approximatif, nota le Poulpe sans préciser qu'il la connaissait d'autre part.

— Il n'y a pas ici de femmes de ménage, mais des *techniciennes hautement qualifiées dans l'entretien hygiénique des lieux* et des *assistantes de soutien aux curistes*.

— Soit. Faut-il que je vous répète ma question en remplaçant trois mots par vingt pour que vous la compreniez, s'agaça Gabriel ?

— C'est mon épouse qui gère tous les problèmes de personnel, tant à notre domicile que dans le Centre de Cure. J'ignore si elle est disponible à cette heure.

Émilie, mon petit, susurra Palpassous d'une voix chargée de désir frustré, voulez-vous aller demander à Ange-Marie si elle peut nous consacrer quelques instants ?

— Vous savez pourtant bien que le personnel de la maison de cure ne peut pas pénétrer dans votre domicile. Je vais demander à Nana de lui transmettre votre demande.

— Suis-je distrait... En attendant, Monsieur Palanque, je vous suggère de déguster un de ces cigares en

provenance directe de chez Valéry de Guisa, à la Chapelle-de-Guinchay[17] J'ai un Armagnac hors-d'âge à vous proposer pour le sublimer.
- Monsieur Planque... Merci pour l'un et l'autre ; mais j'ai cessé tout rapport avec la nicotine et n'en ai jamais eu qu'avec la bière.»

Quelques longues minutes plus tard, Ange-Marie fit son apparition, forte matrone d'âge aussi avancé que ses convictions l'étaient peu, et jaugea Gabriel.

Quant à lui, il s'étonnait de voir que ses interlocuteurs semblaient n'avoir jamais bénéficié des miracles promis par les cures qu'ils vendaient. Lui, comme le Tartuffe, *Gros et gras, le teint frais, et la bouche vermeille*. Elle, tartinée de fards comme une geisha maladroite, dissimulant ses attraits déformés sous une enveloppante parure somptueuse, et contrainte par l'âge de cacher un sein qu'on n'aurait su voir sans frémir, s'imaginait que se montrer hautaine suffisait à obtenir autant que, plus jeune, ses charmes.

- « Monsieur Alexis Planque, délégué spécial auprès du préfet de Région pour les affaires sociales et sanitaires... Mon épouse Ange-Marie.
- Enchanté(e).
- Monsieur Planque est en mesure de nous faire profiter d'une subvention exceptionnelle grâce aux bénéfices que nous procurons aux diverses assurances sur la santé en réduisant les risques de maladies chez ceux qui viennent ici en cure. Il lui fallait visiter les lieux, ce qu'il a fait en compagnie d'Émilienne. Tout lui a semblé parfait. Il voudrait simplement que nous lui précisions le statut

de cette personne.
- Vous avez été assez mufle, dit-elle, pour ne pas accompagner vous-même sa visite ?
- Il aurait pu croire que je cherchais à orienter son opinion.
- Je n'ai pas à me plaindre de ce choix, coupa Le Poulpe.
- Admettons, reprit Ange-Marie. Pour cette fille, vous voulez sans doute parler de la roumaine que nous employons depuis que les Sœurs l'ont licenciée ? Mais quel rapport avec votre mission, Monsieur Leplanqué ?
- Planque suffira. Il me semble avoir reconnu en elle une Luminita que j'ai connue en d'autres lieux. Les subventions ne sont accordées qu'à des établissements sans défauts sur le plan médical, ce qui est le cas du vôtre, et sur le plan social, ce qui ne l'est peut-être pas.
- J'avoue ne rien comprendre à vos propos.
- C'est pourtant simple, brusqua Gabriel : étant roumaine, elle n'a pas le droit de travailler en France sans un titre de séjour et une autorisation de travail. Les possède-t-elle ?
- Soyez charitable et voyez comment vous en êtres récompensés, s'exclama Ange-Marie !
- Tout peut sans doute s'arranger avec un de mes amis de la Préfecture si j'ai une connaissance exacte du dossier.
- Profiter d'un passe-droit, ce n'est pas notre style. Plutôt renoncer à ses services qui ne nous sont pas indispensables. Que désirez-vous savoir ?

– Je ne sais d'elle que sa nationalité et son passage chez les sœurs.
– Nous ignorions tout d'elle jusqu'à ce qu'elle soit licenciée. Nous en ignorions le motif ; mais notre fils, Paronyme, nous signala que le frère de cette femme, Hyperonyme, était menacé de devoir interrompre ses études à Saint Grégoire, faute de pouvoir payer sa participation aux frais de scolarité. Le Docteur, mon mari, est vainement intervenu auprès d'elles qui se sont bornées à prétexter que le retour proche de la titulaire, Marie-Amélie, retour hautement improbable vu qu'elle n'en était qu'à son cinquième mois de grossesse et, vous savez bien, maintenant, entre les congés de maternité, les suppléments pour grossesse difficile, le fait qu'elle voudra sans doute allaiter...
– Il n'y a pas de congé spécifique pour l'allaitement.
– Peu importe. N'écoutant que notre cœur, nous l'avons embauchée ; à l'essai pour un mois sans la déclarer, avec la ferme intention de la déclarer si nous pouvions la conserver ; mais le mois d'essai n'est pas terminé. »

Gabriel s'abstint de toute remarque sur les généreux employeurs spécialisés dans les tests peu concluants. « Souhaitant qu'elle vous convienne, conclut-il, je vous remercie pour votre accueil et vous assure que je ferai tout mon possible pour promouvoir le dossier de demande de subvention que je téléphone à ma secrétaire de vous poster dès maintenant. Il en existe trop de modèles différents pour

que je les transporte tous avec moi.
- Voulez-vous profiter de notre téléphone ?
- Volontiers, répliqua Gabriel en donnant sans crainte le numéro du **Pied de Porc** car il avait déjà prévenu Gérard et sa clique d'une telle éventualité et de la conduite à tenir.
- *Allô, vous êtes bien au secrétariat du délégué à la promotion des entreprises médicales innovantes du Ministère des Finances.*
- Allô, ici Gratien Palpassous. Je vous passe Monsieur Planque. Ne quittez pas.
- Bonjour, Eugénie. Veuillez bien noter les coordonnées du docteur Palpassous auquel vous ferez parvenir en urgence un dossier DOS EQUIS 1664 fr.
- *J'ai mal entendu. Pouvez-vous répéter ? Tu ,ne crains pas qu'il connaisse ces bières ?*
- Je répète **D** comme **D**ossier, **O** comme **O**pération, **S** comme **S**ubvention, **E** comme **E**ntreprise, **Q** comme **Q**ualifiée, **U** comme **U**niversellement, **I** comme **I**nnovante, S comme Spécialisée ; 1664 comme la levée de... comme la bière... fr en minuscules.
- *Et un demi de 16 pour la table du fond !* Les entreprises innovantes voulant changer la marque de leur bière à la pression peuvent-elles espérer quelque chose de ce dossier ?.
- Je ne manquerai pas de le transmettre au ministère de la Santé. Au revoir… Eugénie.
- *Pourquoi tu hésites quand tu me dis génie ?*
- Eugénie, en un mot comme en deux, je devrais

être de retour d'ici deux jours, ma moisson terminée.
– *Il pousse du houblon dans cette région ?*
– Le livreur de mobilier devrait prendre contact incessamment avec vous.
– *Il faut prévoir de la place ?*
– Deux bureaux à cylindre, deux fauteuils à pompe et plusieurs sous-verres. »

Il se hâta de raccrocher avant d'éclater de rire.

Gratien Palpassous était plié en deux devant le bienfaiteur au point que la poignée de main du Poulpe ne saisit que du vide.

Quant à Ange-Marie, elle était si troublée qu'elle oublia sa règle intangible que c'est l'homme qui doit s'incliner devant la femme et se fendit d'une sorte de révérence.

« Merci de m'avoir accueilli sans délai pour cette visite, dit Le Poulpe.
– Nous aurions manqué à tous nos devoirs en ne le faisant pas.
– Ce genre d'inspection en plein travail est parfois dérangeant pour l'entreprise, il faut en convenir, concéda Le Poulpe.
– Nous aurions tant perdu à différer votre connaissance, minauda-t-elle.
– Nous vous sommes déjà redevables et nous ne l'oublierons pas.
– Vous ne me devez rien que vous n'ayez mérité, conclut Le Poulpe. »

CHAPITRE XVII

Les tablettes de chocolat ne sont pas bonnes pour tous.

Une pareille séance avait demandé une telle concentration et le refus de s'abreuver de l'Armagnac offert _une telle soif, qu'une halte salutaire s'imposait chez Délicia où seul un intense effort de volonté lui épargna de céder aux avances à peine voilées de la propriétaire.

Il la remercia de quelques unes des informations qu'il avait recueillies à la *Clinique,* mais qui ne la rassurèrent guère sur l'avenir proche de la colonie roumaine.

« Ils vont l'exploiter un mois, puis la virer sous un prétexte quelconque, dit-elle. Et son frère ne pourra pas rester à l'école.

– Ne te laisse pas tromper par le nuage de fumée qu'ils ont déployé. Je suis certain qu'ils dissimulent derrière leur masque de charité des pratiques d'une noirceur que je compte bien mettre à jour.

– Acceptons-en l'augure en trinquant à ton succès. »

De retour à Saint Grégoire, le Poulpe se rendit au gymnase dans l'espoir de recueillir les observations du professeur qui avait eu les élèves avant le cours de latin fatal. N'y voyant que deux adolescents qui s'exerçaient aux barres asymétriques, il s'apprêtait à faire demi-tour quand l'un deux l'interpella :

« Si vous voulez-voir Vielfraß, dit-il, faites plutôt un saut à la patisserie du coin de la rue Neuve. Quand il n'a pas cours, c'est là qu'il tient son quartier général. Vous avez le temps : il n'a pas cours de tout l'après-midi !

– Oui, c'est bien lui que je cherche. Merci du renseignement.»

Dans le fond de la pâtisserie, était aménagé un espace douillet avec guéridons et chaises. Gabriel, qui ne connaissait Werner Vielfraß que de nom, y cherchait vainement quelque athlète en train de méditer sur sa forme devant une boisson vitaminée ou un jus de légumes.

« Bonjour, monsieur Lecouvreur, retentit de derrière un himalaya de sorbets et de crème Chantilly qui masquait entièrement le locuteur.

– Bonjour, monsieur Vielfraß, puis-je me permettre de vous voler quelques minutes ?

– *Le sorbet se fait attendre quand on le prépare et n'attend pas quand il est servi*, a dit Curnonsky à Nelly Melba qui craignait d'être en retard pour une représentation tant le dessert glacé qu'elle venait d'inventer se faisait attendre.

Asseyez-vous et ayez l'obligeance d'accepter un des délices que vous propose la maison.

Henriette, s'il vous plaît, apportez-nous la carte du jour...

Mais, entre nous, je vous conseille ma création, la coupe Cardinal : griotte, mûre, groseille, sur fond de vanille, le tout arrosé au Marasquin et recouvert de chantilly qu'orne un camail de crêpe Suzette et que coiffe une calotte de coulis de fraises.

– *Pauvre glacier,* se dit le Poulpe, *qui, le client étant roi, doit confectionner cette mixture.* Mais je vois que plusieurs sorbets à la bière sont proposés : alors j'en prendrai un assortiment arrosé d'une *Fleur de bière* de la *Distillerie Artisanale Bertrand*[19]*.*

– Vous m'ouvrez des horizons. »

La table sombra dans un silence glacé, plus aromatique sans doute que la musique du Titanic, jusqu'à ce que la tête de Werner émergeât. Le Poulpe profita de la pause que fit son vis-à-vis comme il faisait sans doute pour reprendre son souffle lors des rares compétitions où il dépassait un escargot anémique.

« Permettez-moi, je vous prie, de vous questionner ; nous n'en aurons pas pour bien longtemps, je vous l'assure, et ce qu'il reste de votre coupe glacée n'aura pas le temps de fondre. »

Pendant que le Poulpe parlait, Werner avalait, ingurgitait, engloutissait les restes de sa coupe cardinalice ; il put cependant éructer ce qui pouvait passer pour un acquiescement.

« Je voudrais juste que vous tentiez de vous souvenir de ce qui s'est passé lors de l'heure de Gymnastique qui précédait l'heure de Latin où on a découvert le Père Lafraize décédé.

– D'abord, monsieur, on ne fait plus de gymnastique mais de l'Éducation Physique et Sportive.

– Je vous prie de m'excuser ; mais, fréquentant peu le milieu scolaire, j'en ignorais la novlangue.

– Vous êtes tout excusé ; même les initiés ont parfois du mal à s'y retrouver. Pour le reste, cette heure-là s'est passée comme toutes les autres :

un atelier faisait du grim-per, un autre des barres asymétriques, un troisième du travail au sol.
— Et il ne s'est rien produit de particulier ?
— Sauf un maladroit, un des Palpassous, qui a raté les barres et qu'il a fallu envoyer à l'infirmerie, et un malingre qui n'arrivait pas à se soulever du sol que j'ai invité à pratiquer des petits haltères pour développer un peu ses muscles des bras.
— Je vois que, à part le nom, rien n'a changé. Et à la fin de l'heure ?
— En fin de cours, ils se rhabillent dans le coin du gymnase car celui-ci n'a pas ni vestiaires ni douches, puis ils vont en récréation.
— Je ne vous demande pas ce qu'ils font d'habitude, mais ce qu'ils ont fait ce jour-là.
— Attendez un peu, que je réfléchisse. »

Il restait quelques fragments d'iceberg qu'il s'empressa d'absorber. Gabriel, vu ses convictions, ne pouvait pas prier pour qu'ils fussent remémoratifs. Mais certains lieux sont propices aux miracles.

« C'est vrai que ce jour-là, il y a eu une bousculade et les affaires de Hyperonyme se sont toutes répandues par terre. Hyperonyme restant à terre, le frère Palpassous restant est allé le secourir. Ça m'a surpris parce que, habituellement, ils ne lui parlent pas, et ne le prennent jamais dans leur équipe lors des activités de sports collectifs.
— Oui ?
— Il lui a ramassé ses affaires dispersées, un casse-croûte, une bouteille de je ne sais trop quelle mixture. Je ne suis pas trop sûr qu'il n'ait pas deman-

dé à Hyperonyme de le laisser goûter son breuvage en échange d'une gorgée du sien une CramoisBull ou quelque chose de ce genre.
— Je crains de commencer à comprendre.
— Comprendre quoi ?
— Il vaut mieux que vous n'en sachiez rien : si j'ai tort, parler serait de la calomnie ; si j'ai raison, parler remuerait une telle boue que les éclaboussures en seraient mortelles. Merci, et bonne indigestion.»

Chapitre XVIII

Réflexions d'un Poulpe sur les boissons énergisantes.

Ses dernières découvertes laissaient dans la bouche du Poulpe un goût amer qu'il éprouvait le besoin de faire glisser. Quoi de mieux qu'une bière ? Il fila se réfugier chez Délicia. Le match de palet n'avait pas épuisé sa réserve de bières canadiennes ; mais il ne put se détendre à loisir, accablé sous les brocards des supporteurs déçus.
«Tiens, v'la l'amateur de Roms qui se met à la bière !

– Elle est bonne, celle-ci ? je me la referai.
– Qui est bonne ?
– Tu es sourd ou quoi ?
– Qui ? Moi ?
– Toi, bien sûr ! Je ne lui parle pas.
– Alors tu lui as fait son affaire ?
– C'est un bon coup ?
– Dans quelle langue elle a parlé quand tu l'as baisée ?
– Tu pourrais être poli avec ce monsieur : ces filles ne méritent que d'être saillies !
– Tu a pris un rencard chez le médecin ?
– Mais vous allez la fermer et lui ficher la paix, tonna Délicia ! Ça vous regarde ce qu'il a fait ou pas chez les Roumains ? »

Dans le calme enfin revenu, Gabriel se fit cette remarque qu'il était bien étonnant que les fils Palpassous eussent été aussi cordiaux et généreux envers quelqu'un à qui ils n'avaient jamais parlé à ce jour.

Qui, plus est, se disait-il, ils auraient dû hésiter à échanger un breuvage inconnu confectionné avec une eau dont ils connaissaient fort bien l'origine douteuse et des ingrédients de *Roms qu'ils réduisaient sans doute aux poils d'écureuils, aux feuilles d'orties et aux piquants de hérissons,* contre une bonne et honnête boisson entièrement chimique, donc parfaitement pure à leurs yeux.

Leur attitude pour le moins étonnante laissait Le Poulpe sans explication, quand cette exclamation réveilla ses neurones engourdis :

« Qui a foutu de la crème au lieu de sirop de cassis dans mon vittel-cass quand on a trinqué à la prochaine victoire du GSPP, hurlait le meneur de claque habituel ? Mon traitement médical m'interdit la moindre goutte d'alcool. Je risque le coma et ne pourrai jouer mon rôle de pom pom man...

– Ça doit te changer, ce régime...

– Et qui a mis une drogue dans la gourde d'Hyperonyme quand il a trinqué avec les Palpassous, se dit Gabriel ? »

Le problème, désormais, était de retrouver la gourde, ce que Luminita devait pouvoir faire sans problème majeur, et de faire analyser ce qu'il y restait, mais où, par qui et sous quel prétexte ?

Chapitre XIX

Les vierges sages ont toujours de quoi éclairer.

Gabriel, peu soucieux de compromettre davantage Luminita en allant l'attendre à sa sortie du travail qui était à deux pas, se rendit une fois de plus au campement des Roumains qu'on risquait peu de voir encombré de visiteurs.

En l'y attendant, il reprit sa discussion avec Hyperonyme.

« Cherche bien, lui dit-il. Quelqu'un s'est servi de toi pour commettre une grosse bêtise et tu risques d'être puni à sa place. Je veux te protéger mais il faudrait que j'en sache plus sur ce qui s'est passé. Tu as sûrement oublié quelque chose.
– Mais non ; je vous ai déjà dit tout ce dont je me souviens. Il y a dans ma tête un grand trou depuis la fin du cours de gym jusqu'au lendemain matin.
– Justement, reprit le Poulpe. Reprends le cours de gymnastique.
– J'étais dans l'atelier qui faisait des barres asymétriques.
– Pendant toute l'heure ?
– Oui, après l'échauffement et le discours du prof sur les bienfaits pour l'esprit d'un corps sain : il nous le fait chaque fois avec du latin. Plus tard, un maladroit a raté les barres et il a fallu l'emmener à l'infirmerie.
– Presque mot pour mot ce que m'a raconté le prof.

Et en fin de cours ?
- Il y a eu une bousculade et mes affaires se sont répandues par terre. Et puis plus rien.
- Es-tu bien sûr ?
- Je ne sais pas trop ; j'ai l'impression d'avoir rêvé.
- Raconte-moi ce rêve, s'il te plaît.
- Deux géants se penchent sur moi ; ils me mettent dans la bouche un gros tuyau rouge ; un liquide coule dans ma bouche ; je me sens tout léger. Ils me parlent : tu feras, tu diras, tu prendras... tu apporteras... Je suis englouti dans une sorte de pompe; je suis entrainé par un courant de lave brulante mais noire ; j'escalade un rocher... je vois un homme en noir ; nous nous parlons, il tend la main, et je dégringole le long du rocher...
- Ton rêve n'est peut-être pas complètement onirique, pardon inventé, tu as probablement été drogué avec un produit qui cause des cauchemars . Mais pourquoi son café avait-il été apporté au Père Lafraize par ce garçon qui venait de boire une substance vraisemblablement hallucinogène...
- Je suis fatigué, monsieur ; j'ai sommeil.
- Va te reposer, maintenant. Ta sœur arrive. »

Luminita, avant d'avoir pu s'y blottir, fut saisie par les tentacules d'un Poulpe qu'inquiétait la triste allure de sa compagne du moment.
« Bonjour, lui dit-il. Pourquoi boîtes-tu ainsi ?
- Je reviens du travail chez les Palpassous ; pour une fois, je suis sortie exactement à l'heure prévue.

À la sortie de la ville, deux hommes masqués m'ont abordée :

« Donne-nous la gourde qu'Hyperonyme avait emportée à l'école le jour où il a porté son café au Père Lafraize.

– E nu inteleg.

– Tu vas bientôt comprendre ! »

Ils m'ont giflée, jetée par terre et m'ont envoyé quelques coups de pieds dans les jambes en répétant cette phrase :

« Donne-nous la gourde !

– E nu inteleg, répondais-je. »

Soudain, l'un deux a crié :

« On se tire, vite ! Quelqu'un arrive. Quant à toi, on te reverra et tu auras intérêt à comprendre ou à disparaître de notre horizon, toi et toute ta tribu de criminels, avant que la police vous fasse un mauvais sort. »

Un baiser n'aurait pas suffi à guérir la plaie de la jambe de Luminita, mais il suffit pour son âme puisqu'elle retrouva un semblant de sourire.

« Sais-tu qui étaient ces gens, demanda Gabriel ?

– C'étaient des jeunes, vu leur taille et leurs voix aiguës.

– Des voix que tu connais ?

– Elles étaient un peu déformées, par le masque sans doute ; mais j'ai aussitôt pensé aux fils Palpassous.

– Tout tourne autour de cette famille. Je vais leur régler leur compte.

– Ne t'occupe pas d'eux, Gabriel. Ce qui importe,

c'est que mon frère ne soit pas inquiété. »
Elle profita du baiser qui conclut cet échange pour lui glisser dans la main une gourde en métal.
Le cercle devenait de plus en plus vicieux et les lorgnettes de Gabriel se focalisaient sur cet échange de boissons dont avait aussi parlé le prof de Gym.

CHAPITRE XX

Un cornet peut en cacher un autre.

Retrouver le prof de gym ne posa au Poulpe d'autre problème que de devoir une nouvelle fois déguster les excellentes productions de la pâtisserie locale en attendant que Werner eût fini d'engloutir sa pâtée glacée habituelle quand, vu les circonstances, la simple pensée de manger et même de boire une de ses bières favorites lui donnait la nausée.

« Avez-vous, osa Gabriel, parlé à quelqu'un de ce que vous m'avez raconté à propos du cours de l'autre jour ?

– Pour qui me prenez-vous ? Je ne suis ni une mouche ni un délateur.

– Comment se fait-il alors que les frères Palpassous aient agressé Luminita, la roumaine, en lui réclamant la gourde que son frère avait ce jour-là ?

– Il faudrait être plus fine mouche que moi pour détisser cette toile. Monsieur Radegon ou la serveuse a peut-être vu quelque chose. Eh, Henriette, te souviens-tu si nous étions seuls ici, l'autre jour, Monsieur Lecouvreur et moi ?

– Je ne sais pas, répondit Henriette ; j'étais occupée au présentoir sur la rue avec les jumeaux Lamusette qui m'ont fait changer plusieurs fois la composition de leurs cornets :

– *Alfred, tu m'as bien dit : Sorbet chocolat, glace menthe, et couverture à la menthe pastille ?*

– *Non, moi c'est Antoine et je veux Sorbet Orange, Basilic et Marasquin.*
– *Tiens, Alfred.*
– *Non, moi je suis Antoine.*

Et ainsi de suite pendant au moins cinq minutes, parce que, bien sûr, chaque fois, comme la préparation avait un peu dégouliné à l'extérieur du cornet, ils n'en voulaient plus.

Pour ce prix, on a peut-être droit à un cornet propre.

Il a fallu que Monsieur Radegon intervienne pour qu'ils se décident, paient et partent.

Pendant tout ce temps, je n'ai pas vu si des clients entraient ou sortaient. La seule chose dont je suis certaine, c'est que ce Monsieur avec qui vous aviez discuté était parti avant eux, conclut-elle, désignant le Poulpe, vous laissant seul, Monsieur Werner.

– Eh bien, dirent en chœur le Poulpe et Werner, on peut sans doute dire que les cornets ont des oreilles.

– D'autant, ajouta Werner, que les Lamusette sont très copains avec les Palpassous... »

CHAPITRE XXI

Il est des gourdes qui pourraient parler.

À Paris, Gabriel aurait trouvé moyen de faire faire les analyses par un laboratoire officiel, quitte à mettre dans le coup, l'air de rien, son ennemi intime, Vergeat. Là, loin de ses bases, il était un peu démuni. Aussi se résigna-t-il à consulter le Père prof de Physique et Chimie, espérant qu'il ait les moyens de ses besoins.

« Bonjour, mon Père.

– Bienvenue, mon fils, dit le Père Framboisier. Que puis-je pour vous ?

– C'est assez difficile à expliquer : je me demande si le Père Lafraize est mort de mort naturelle.

– Qu'est-ce-qui vous incite à penser ainsi ?

– C'est plus des intuitions qu'un faisceau de preuves. Ce qui m'intrigue, c'est que le Père soit mort juste après avoir bu un café apporté par Hyperonyme qui remplaçait un des jumeaux Lamusette, victime d'une chute au pied de l'escalier, l'amnésie d'Hyperonyme et une étrange bousculade à la fin du cours de Gym qui précédait la récréation fatale.

– Effectivement, il y a là beaucoup de coïncidences étonnantes, mais, a priori, coïncidence n'est ni preuve ni cause : à la lecture de statistiques, des incompétents ont beaucoup glosé sur l'arbre le plus dangereux, le platane ou l'endroit le plus mortel, le lit. Sur quelle piste vous conduisent-elles ?

– Je pense que le Père Lafraize a été empoisonné

par sa tasse de café.

— Mais vous incriminez Hyperonyme : c'est lui qui a apporté le café !

— Non, je pense qu'il a été le porteur inconscient du poison.

— Pourquoi aurait-on agi de la sorte, ou plutôt fait agir ?

— Hic jacet lepus : l'acte me semble clair, mais je n'en saisis pas les raisons.

— Vos suppositions feraient le bonheur de tout détective privé, mais vous n'avez pas le début d'un indice.

— C'est justement pour cela que j'ai besoin de vos services d'homme de science. Je ne veux pas recourir à des services officiels qui me seraient de toute façon refusés, voire qui m'occasionneraient des ennuis judiciaires.

— Je comprends mal pourquoi recourir à la justice pour une cause juste pourrait vous nuire.

— Je suis, dirait-on, un électron libre qui me donne pour mission d'empêcher de magouiller en rond. Je vis en-dehors de la société sans y laisser aucune trace, papiers, impôts, compte en banque, cartes de fidélité. Mais je n'interviens jamais qu'au profit de celui qui est lésé ou injustement accusé, le plus souvent sans que les pouvoirs en place puissent ou veuillent y aller voir de plus près. *Je devrais faire imprimer des cartes de visite explicatives, ça m'éviterait de ma répéter.*

— Il aurait de toute façon été difficile d'obtenir le concours des institutions : la méthode normale consisterait, en effet, dans l'analyse des viscères de la présumée victime ; mais, celle-ci ayant été inhumée sur la foi du certificat de décès par mort naturelle produit par le médecin de l'Institution, il faudrait obtenir le droit d'exhumer et d'autopsier sa dépouille. Je doute infiniment, et que la justice accepte, et que les Pères s'exposent à la publicité qu'attirerait sur eux une pareille opération.

– Aussi n'est-ce pas ce à quoi je pensais. En revanche, je dispose du gobelet dans lequel le Père a bu son café et de la gourde d'Hyperonyme.

– Je peux effectivement faire des analyses de ce qu'il y reste ; mais, même si vos hypothèses se confirment, on ne pourra pas confondre les coupables qui prétendront que des malveillants ont contaminé ces objets par la suite.

– Si j'ose dire, répondit le Poulpe, analysez, confiez-moi les résultats, oubliez-les ; je les exploiterai en en taisant l'origine.

– Vous me semblez bien méfiant.

– Si j'ai raison, il y a eu un meurtre et un empoisonnement... Et, j'oubliais, la sœur d'Hyperonyme a été agressée par des gens qui voulaient récupérer la gourde que je viens de vous confier.

– On peut au moins poursuivre ses agresseurs, soupira le Père, si du moins elle veut bien les reconnaître.

– Ils étaient masqués ; leurs voix ressemblaient à celles des frères Palpassous.

– Encore un indice faible ; mais opposer une roumaine aux Palpassous, c'est le pot de fer...

– Hélas.

– Il me faudra un jour ou deux. »

CHAPITRE XXII

La mémoire, c'est du souvenir en conserve.
(Pierre Dac)

Mort de soif, le Poulpe se réfugia chez Délicia: là, au moins, il ne risquait pas de devoir, par politesse, engloutir des masses d'icebergs aromatisés, et il était sûr d'y trouver une bière buvable.

Accoudé au comptoir, il comptait, morose, les heures qu'il lui restait à attendre pendant que le Père Framboisier agiterait alambics et cornues.

Les habituels cervesopaletomanes étaient absents ce jour-là. Il entendit dans un souffle :

« J'ai vu l'autre jour que vous vous y connaissiez en Internet. Moi, je suis nulle en informatique. Le professeur de Lettres n'a jamais le temps de m'expliquer. Alors, si vous vouliez bien me montrer comment connecter mon téléphone, je vous en serais infiniment reconnaissante.

– Sil suffit de ça pour vous faire plaisir, répondit le Poulpe, je vais tenter d'éclairer votre lanterne.

– Attendez que je baisse le rideau pour que nous se soyons pas dérangés. Ils viennent de partir digérer...

– Nous ne faisons rien de mal.

– Vous ne les connaissez pas.

– Ce sera encore plus suggestif rideau baissé. Enfin, qu'il en soit fait selon votre volonté... »

Quelques minutes plus tard, le téléphone surfait allègrement sur Internet et Délicia pouvait enfin contacter en direct son amie canadienne, Alexandra. Elle se retourna soudain vers Gabriel et lui demanda :

« Maintenant que je connais Jitsi, peux-tu me montrer comment vous avez trouvé, le prof et toi, ces renseignements sur Giraudoux.

– Élémentaire, ma chère Watson. Tu lances un navigateur, puis, dans la cellule de recherche, en face de l'icône de Google tu tapes le mot que tu cherches.

– Je comprends mieux ce que je vois que ce qu'on me dit.

– Supposons que je cherche des renseignements sur les produits qui font perdre la mémoire. Je suppose que c'est ce qu'on a fait absorber à Hyperonyme.

Regarde bien: tout à droite, tu vois une sorte de blanc sur fond bleu et une zone vierge à côté. Tu y tapes *drogue amnésie,* puis tu cliques la flèche et tu obtiens une page de liens qu'il ne reste plus qu'à explorer. Je vois, par exemple, *Soumission chimique – Wikipedia*, et je clique dessus.

– Pourquoi plutôt celui-ci ?

– Parce que W*ikipédia est un projet d'encyclopédie collective établie sur Internet, universelle, multilingue.* Je trouve entre autres :

La scopolamine ou Souffle du Diable est un sédatif central. Elle provoque en outre d'intenses hallucinations délirantes, de l'amnésie (amnésie lacunaire antérograde) et des pertes de conscience comme en provoque la consommation de datura, de jusquiame ou de mandragore. Elle est active à des doses de l'ordre du dixième de milligramme. À fortes doses, l'intoxication peut être mortelle.

Aux fortes doses, on observe souvent des séquelles psychiatriques plusieurs mois après l'intoxication. La scopolamine a été testée comme sérum de vérité pendant la Seconde Guerre mondiale.
Elle est utilisée sous le nom de « burundanga », notamment par des bandes d'escrocs en Colombie, pour dépouiller des victimes qui, sous son effet, perdent leur volonté et se laissent faire oubliant ensuite ce qui s'est passé
La scopolamine est utilisée pour lutter contre la maladie de Parkinson. Actuellement, elle est utilisée dans le traitement symptomatique de certaines douleurs digestives et gynécologiques, en soins palliatifs, ainsi que dans la prévention du mal des transports,

et plus loin :

Le flunitrazépam est un médicament commercialisé sous le nom de Rohypnol à réserver aux cas d'insomnies sévères, et sa prescription est limitée... Ce produit est parfois utilisé par les abuseurs sexuels comme produit pour annihiler les défenses de la victime et lui faire perdre la mémoire. C'est ce que les médias nomment une drogue de viol.
Avec de l'alcool, le surdosage peut être mortel ;
Et d'autres encore.
– Mais que signifie *amnésie antérograde* ?
– Tu procèdes de la même façon.
L'amnésie antérograde est un trouble de la mémoire caractérisé par une incapacité à fixer durablement de nouveaux souvenirs. »

Le Poulpe sentit la main de Délicia se crisper sur la sienne. Il n'eut pas un instant de doute sur le motif innocent de ce geste et y répondit :

« Ne t'inquiète pas ; si j'ai raison, je ferai justice à ce petit Roumain, innocente victime des bons Français.

– J'ai peur pour tous, le petit, sa sœur, toi, moi ; qui d'autre encore subira les excès de ces gens ?

– Il faut attendre les résultats des analyses que j'ai demandées.

– À qui ?

– La prudence et ma promesse exigent que je le taise.»

CHAPITRE XXIII

Quod erat demonstrandum.

Gabriel commençait à désespérer quand quelqu'un joua sur la porte l'*Air des petits soldats* de Carmen. Le rideau était toujours baissé et la porte close, Délicia se hâta d'aller voir de qui il s'agissait. C'était le concierge de Saint Grégoire qui, brandissant une enveloppe, s'évertuait à dire quelque chose qui n'était audible que pour lui. Par la porte entrouverte, il dit :

« Monsieur Lecouvreur est-il ici ?
– Tu vois bien que c'est fermé !
– Mais tu n'es pas seule : on voit une silhouette derrière toi.
– Lecouvreur, c'est moi, glissa Le Poulpe dans l'oreille de Délicia.
– Et que lui veux-tu ?
– J'ai pour lui une enveloppe de la part du Père Framboisier.
– Entre boire un coup ; tu la lui remettras en mains propres. »

Gabriel bouillait à voir que, avant de prendre connaissance de sa lettre, il devait attendre que le concierge eût fini de déguster à petites gorgées gourmandes la bière offerte. Enfin, celui-ci remercia, sortit, la porte fut refermée et le rideau baissé.

« Tu ne lui as pas recommandé le silence, s'inquiéta Délicia.

– Non, ç'aurait été la meilleure façon d'éveiller sa curiosité et de le faire parler *en confidence* à quelqu'un dans l'oreille duquel germeraient des soupçons, voire pis. »

Les résultats, dans une langue scientifique que d'aucuns auraient qualifiée de jargon, étaient éloquents et suffisamment parlants pour qui s'était documenté auparavant:

> On trouvait une dose minime de scopolamine dans la gourde, expliquant l'amnésie d'Hyperonyme, et une dose extrêmement forte dans les restes de café expliquant peut-être le décès du Père Lafraize, surtout s'il avait consommé de l'alcool auparavant.

« Es-tu satisfait ?
– Oui, en partie : les boissons ont été droguées comme je le pressentais ; mais les analyses sont impuissantes à expliquer les raisons des actes ni même à dire qui a drogué le café du Père. Il va me falloir interroger au risque de me démasquer, si ce n'est déjà fait.
– Qui es-tu donc censé être ?
- Pour Palpassous, Alexis Planque, délégué spécial auprès du préfet de Région pour les affaires sociales et sanitaires, pour les bons Pères, moi-même inquiet des circonstances de la mort du Père Lafraize, pour les Roumains...
– Pour Luminita, je crois savoir qui tu es. Allez, va et courage et reviens vainqueur ! »

CHAPITRE XXIV

Quand on pousse trop loin le bouchon, l'extraction est douloureuse.

Le Poulpe hésita entre demander l'aide des Pères, craignant qu'ils lui refusent leur aide par peur du scandale et faire la sortie de l'école au risque d'alerter qui n'hésiterait pas à le dénoncer pour des pratiques douteuses afin de le contraindre à abandonner sa quête. Il fallait agir vite pour que personne, alerté, ne puisse préparer une version plausible de ses agissements. Il préféra finalement le huis-clos que pouvaient lui procurer les Pères.

En présence de la docte assemblée qui le recevait, Le Poulpe éprouva le besoin d'user de fleurs de rhétorique étrangères à son discours habituel.

« Merci, mes Pères, de me recevoir de nouveau. Je crains que le plaisir cesse d'être réciproque quand vous aurez connaissance des ingénieux crimes que j'ai découverts.

– Des crimes dans notre Institution !

– Oui, un crime et des malfaisances, mais auxquels aucun d'entre vous n'est associé. De plus, le petit Virgil est totalement blanc de tout ce dont on a voulu le charger.

– Vous voulez parler d'Hyperonyme, sans doute ?

– Absolument. Si vous pouviez éclairer mon obscurité sur ce nom ?

– Le Père Lafraize trouvait scandaleux qu'on prostituât ainsi le nom de son poète préféré, *Publius Vergilius Maro*. Il s'en serait tenu au prénom d'un ermite

solognot qu'il avait trouvé dans le martyrologue, Viatre.
– *Sainte Cuistrerie, pria Le Poulpe, si vous existez, priez pour nous.*
– Heureusement, le Père Chrysostome qui trouve toujours un bon mot, pas trop laid, pour égayer les gens bêtes et même les amis lassés, comme il dit, et qui a du mal à apporter son cartable en cours le jour car il est de nuit, pensa qu'il serait assez farce, connaissant l'opinion des Palpassous sur les étrangers, et en particulier les Roumains, de lui donner un prénom qui s'harmonisât avec ceux, assez prétentieux, de leurs fils : Paronyme, Antonyme et Litote.
– *Saint Xénophobisme, car vous existez, priez pour nous.*
– De plus, Hyperonyme, par son sens, englobait les autres prénoms, comme *mobilier* englobe *table, chaise, commode*, ou *vaisselle* englobe *assiette, couteau, fourchette*.
– *Sainte Pédantisme, priez pour nous.*
– *Imaginez , s'esclaffa-t-il, leurs têtes quand, un vendredi, après s'être engraissés par respect pour moi, leur invité rituel, de nourritures maigres, je leur apprendrai que nous avons intégré le petit Virgil en le nommant ainsi !* »
Les Pères rirent, un peu jaune, à ce souvenir.
« Monsieur le Supérieur, reprit Gabriel, j'ai de bonnes raisons de penser que le Père Lafraize et Hyperonyme Palpassous ont été drogués. J'en ai des preuves matérielles produites par l'analyse chimique que, sur ma demande, un spécialiste a pratiquée sur ce qu'il restait de liquide au fond de la gourde de l'un et du gobelet de café de l'autre.

– Je suppose qu'il est inutile de vous demander qui vous a apporté son aide en ce domaine. Il n'y a dans notre ville aucun autre laboratoire équipé pour ce genre d'analyses que celui de notre établissement...

– J'ai promis au responsable de taire son identité pour le préserver d'éventuelles représailles.

– Je vois que nous nous comprenons. Qu'attendez-vous de nous maintenant ?

– Dans les deux cas, expliqua le Poulpe, une drogue qui soumet sa victime à la volonté de l'autre en l'empêchant de garder le moindre souvenir de ce qu'elle a fait a été utilisée : dose faible pour le petit roumain qui s'en tirera avec peut-être pendant quelques mois des séquelles psychiatriques, dose excessive pour le Père, qui en est mort.

– Savez-vous pourquoi on a procédé ainsi, objecta le Père ?

– Non, justement. C'est sur ce point que j'ai besoin que vous m'aidiez en m'autorisant à interroger les jumeaux Lamusette puis les frères Palpassous, dans cet ordre et sans qu'aucun des duos ait connaissance de ce qu'a fait et dit l'autre en notre présence.

– Vous ne risquez pas qu'on vous accuse d'incriminer des innocents ?

– Non, j'ai d'excellentes raisons de penser que ce sont les Lamusette qui ont chargé la boisson d'Hyperonyme.

– Admettons, dit le Père ; mais les entretiens se feront en ma présence et celle de deux de mes collègues. Je me réserve le droit de les interrompre s'ils tournent mal. Je ne veux en aucun cas que notre responsabilité soit engagée dans ce procédé qui sera nécessairement interprété comme les accusations qu'il constitue.

– *Ainsi soit-il,* pensa Le Poulpe, Bien entendu, mon Père. »

Alfred et Antoine Lamusette furent introduits dans ce bureau qui prenait des allures de tribunal improvisé. Ils avaient la dégaine de qui ne va pas s'en laisser conter et qui n'a rien à déclarer. Ils pensaient sans doute que leur gémellité empêcherait toute réaction de leurs adversaires potentiels comme elle avait jusqu'alors mis chacun à l'abri des punitions que l'autre méritait à l'en croire.

Le Père Supérieur expliqua aux deux garnements qu'il préférait que Monsieur Lecouvreur leur posât lui-même quelques questions à sa place.

Le Poulpe, se doutant de la stratégie qu'ils allaient employer, s'adressa donc simultanément aux deux :
« Bonjour . Avez-vous oublié ou perdu quelque chose au gymanase lundi dernier ?
– Pourquoi moi ? Il y a aussi dans la classe Arthur Lefébure, et Alexandre Leblanchi et Alfred.
– Pourquoi moi ? Il y a aussi Antoine.
– Pourquoi vous en premier ? Tout simplement parce que vous êtes les premiers par ordre alphabétique à avoir ces initiales. Nous voulons juste trouver le propriétaire de cet objet pour le lui restituer.
– Pourquoi ne mettez-vous pas une annonce sur le panneau d'affichage, se méfièrent-ils ?
– Si nous mettons sur ce panneau : *Portefeuille trouvé lundi au gymnase avec les initiales AL,* tous les AL du collège vont le réclamer.
– C'est vrai c'que vous disez ; moi, j'ai rien perdu.

– Je n'ai pas remarqué qui me manquait quelque chose.
– Alors, essayez de vous souvenir ce qui s'est passé à la fin de ce cours de gym.
– À la fin du cours de gym, il y a eu une bousculade et le rom s'est retrouvé les quatre fers en l'air et toutes ses affaires éparpillées.
– De qui parlez-vous donc ?
– Ben, du rom, bien sûr, celui que les cur..., les Pères ont ramassé près de la décharge et inscrit dans notre école.
– La charité, intervinrent en chœur les prêtres, s'applique à tous, y compris et surtout aux plus démunis. Vous ne savez que faire de votre superflu dont vous vous employez une faible partie à soutenir les démunis lointains quand vous ignorez que, sous vos yeux, il en est qui manquent du nécessaire.
– Entre vous, reprit Le Poulpe, dites-vous : *Le parigot* pour parler de Synonyme Bertrand, ou *Le rital* quand il s'agit de Franscisco Cavatina ?
– Non, mais c'est pas pareil !
– Pas pareil ? Avez-vous entendu parler de la déclaration universelle des droits de l'homme, riposta Gabriel, soucieux que, sur ce point, le dernier mot restât aux laïcs ?
– Peut-être.
– Je vous en rappelle le début :

Tous les êtres humains naissent libres et égaux en dignité et en droits. Ils sont doués de raison et de conscience et doivent agir les uns envers les autres dans un esprit de fraternité.

– Maintenant, reprenons : à la sortie du cours de gym, il y a eu une bousculade et Hyperonyme s'est retrouvé à terre ?
– Oui c'est bien ça. Mais c'est pas moi qui a causé cette bousculade.
– C'est pas moi non plus qui...
– Pourquoi vous défendre de ce dont on ne vous accuse pas ? Vous allez peut-être dire que c'est Hyperonyme qui en était la cause et la victime ?
– Nous n'avons rien dit.
– On a vu *l'un* de vous pousser Gratien Piloux qui est tombé sur Arthur Lefébure qui a entraîné dans sa chute tous ceux qui le précédaient en finissant par *l'autre* de vous qui, par hasard, sans doute, suivait Hyperonyme.
– C'était juste pour rire : on ne pensait pas faire de mal. Même qu'on est allés secourir le r... roumain et qu'on lui a fait boire un peu de notre boisson énergisante pour le réconforter.
– Il traine effectivement une canette de cette boisson au gymnase, mais elle n'a pas été ouverte, mentit Gabriel.
– Bon d'accord ; on est coincés. On a mis dans sa gourde trois gouttes de la fiole que nous avaient confiée les Palpassous. Ils nous avaient dit que ce serait très rigolo et très utile, qu'on pourrait lui faire faire des tas de trucs dont il ne se souviendrait pas, comme de faucher les copies de la dernière interro d'Allemand, qu'on avait tous ratée ou faire un pied de nez au surveillant en martelant *Coucou, le cocu*...

– Un peu de franchise dans le commerce ne fait pas de mal, rassura Le Poulpe. »

Au fur à mesure de ce dialogue, les visages des Pères s'étaient refermés, empreints de stupeur devant tant de naïveté et de rouerie mêlées.

Les jumeaux, s'estimant quittes, s'apprêtaient à repartir quand Gabriel les retint :

« Lequel des deux s'est fait mal au pied de l'escalier ? »

Il obtint évidemment un duo de « C'est pas moi, c'est lui ! » qu'il interrompit en demandant :

« Qui a mis un produit dans le café du Père Lafraize ?

– C'est lui, le r...

– Possible ; mais d'où et de qui le tenait-il ?

– De nous, avouèrent-ils, las de défendre une cause perdue et dans l'espoir de minimiser la sanction qui ne manquerait pas. Les Palpassous nous avaient demandé de lui *ordonner* de verser un certain nombre de gouttes du produit dans le café ; mais, comme on avait oublié la dose qu'il fallait mettre, on lui a dit de verser le reste de la fiole. Il fallait aussi lui commander de se faire donner par le Père La-fraize une enveloppe... Mais l'enveloppe, on en sait rien du tout : jamais vue, jamais touchée.

– Je crois, mon Père, que nous en avons assez appris d'eux, dit Le Poulpe.

– Nous le pensons aussi. Mon Père, fit le Supérieur, veuillez appeler un surveillant pour qu'il emmène ces deux messieurs dans un des parloirs inoccupés, en veillant à ce qu'ils ne parlent à personne et qu'il nous ramène les Palpassous. »

L'entrée des frères Palpassous s'accompagna de rires et de gloussements, comme s'ils eussent récemment travaillé Knock. L'air sévère des présents eut tôt fait de calmer leur feinte joie.

« On va se faire eng... sermonner si on arrive en retard au cours d'éducation civique et sociale.
– Vous auriez effectivement grand besoin de ce cours, dit le Père. Qu'avez-vous demandé aux jumeaux Lamusette ?
– On leur a demandé leur tradal d'Espagnol : comme ils ont une meuf au pair qui vient de là-bas, elle les aide pour leurs devoirs.
– Je vais mettre un accent sur les propos du Père, ponctua Le Poulpe. Qu'avez-vous demandé **de faire** aux jumeaux Lamusette et que leur avez-vous donné?
– On ne leur a rien demandé de faire, puisqu'on s'est contentés de recopier leur devoir ; et on leur a payé quelques tiges qu'on avait taxées à notre papa.
– Je vois que vous cultivez le malentendu ; aussi je précise qu'il s'agit du jour où le Père Lafraize a oublié de se réveiller après avoir bu son café. »

On sentait les deux fripouilles hésiter à persévérer dans l'incompréhension feinte et l'envie d'en finir au plus vite. Ils chuchotaient, visiblement d'opinions opposées, chose facile pour Antonyme.

Finalement Paronyme prit la parole et débita d'une seule traite :

« Oui, c'est bien nous qui avons demandé aux ju-

meaux de droguer le rom, de lui indiquer ce qu'il devait faire: droguer le café du Père Lafraize, lui extorquer une lettre et revenir nous la rapporter. Mais nous ne savons rien de cette lettre.
— Mais pourquoi avoir fait ça et pourquoi avoir choisi Hyperonyme comme bouc émissaire ?
— Pourquoi, je n'en ai pas la moindre idée ; seul papa sait. Pourquoi Hyperonyme ? Parce que, comme c'est le protégé gratuit des Pères, il ne risque rien, alors que, nous, qui payent, nous sommes punis à la moindre incartade.
— **Il** n'est pas **ce** et **Il** paie sa pension comme tout le monde, tonna le Père Économe.
— Et s'il n'est jamais puni, c'est qu'il a une conduite impeccable, ajouta le Père Préfet.
— De toute façon, ce n'est pas nous qui ont choisi. On a obéi à notre papa qui ne pouvait pas nous demander de faire des conn... bêtises. On ne savait pas exactement à quoi servait ce qu'il y avait dans la petite bouteille.
— Curieux comme partout et toujours on se décharge sur l'autorité des crimes qu'on a commis, commenta Gabriel. Celui qui confierait un produit aussi dangereux à des gamins irresponsables serait un grave criminel. Je suis certain qu'il vous en avait expliqué et les effets et les doses à employer.
— Oui, on savait que ça rendait docile celui qui l'absorbait et qu'il perdait la mémoire.
— Mais nous on n'a rien fait. C'est les jumeaux Lamusette qu'ont chargé les boissons.
— Ça ne vous excuse pas et ça n'explique toujours

pas pourquoi vous avez agi ainsi.
– Alors là, dirent-ils en chœur, on en sait rien !!!
– Parlez-nous un peu, redressa Le Poulpe, de René Lastuce ?
– C'est un bon ami à nous. Il vient avec nous au Club faire du cheval tous les après-midis et nous sommes allés ensemble avec nos parents et les siens dans plusieurs parcs d'attractions. Justement, la semaine dernière, on est allés au *Vulcania*.
  – Le Coin des expériences, quel pied on y a pris !
  – Et, pendant les trajets, vous êtes restés muets ?
  – Antonyme s'était foutu en rogne après moi parce que j'avais passé mon temps à discuter avec Huguette, la sœur de René. Lui, il lui avait dû jouer avec René...
  – Tu peux rire...
  – Il a réussi au retour à monopoliser Huguette. Et René m'en a appris une bien bonne.
  – Ferme-là, imbécile !
  – T'avais qu'à me laisser tranquille avec elle !
  – Pasque tu crois qu'en la racontant, tu vas récupérer ma femme ?
  – Si tu crois qu'elle est encore ta femme aujourd'hui...
  – Dites un peu, les Don Juan, vos histoires d'amour ne nous intéressent pas beaucoup. Mais comme nous aimons les histoires drôles, si tu en connais une bien bonne, ne te gêne pas pour nous la raconter : nous sommes tout ouïes, rabota Le Poulpe.
  – Ben, si vous acceptez, j'y vais. C'est René qui avait trouvé ça : *Si on te dit quelque chose et que tu promets de ne pas le répéter, est-ce que tu tiens ta promesse si tu le dis une seule fois à une personne ? Oui, que je*

lui ai répondu. Alors, écoute bien, puisque je te le répèterai pas : Hyperonyme m'a dit que sa sœur avait trouvé une lettre dans les poubelles de la clinique et que, comme elle y comprenait rien, elle lui avait demandé de la transmettre à son prof de Latin pour qu'il en fasse ce qu'il voudrait. Mais le petit rom avait lu le papier et compris quelques mots : des noms de plantes de docteur, des noms de médicaments.

– Et alors ?

– Alors, j'ai dit ça à mon Papa, une seule fois comme promis ; mais il n'a pas eu besoin que je répète. Il s'est fâché tout rouge, a convoqué la femme de ménage et lui a passé un savon qu'elle s'en souviendra longtemps. Il nous a dit de dégager de là ; mais, avant de me tirer, j'ai bien vu qu'elle ne comprenait rien à ce qu'il lui racontait ou qu'elle faisait semblant. Faut bien dire que *respecter la déontologie en ne divulguant pas des composantes médicamenteuses nécessaires à la fabrication des complexes idoines à la restauration des principes leptosomes des cacochymes confiées à ses soins* ça devait lui paraître du latin ou du chinois. Moi j'ai rien compris non plus, mais comme je fais collection de mots bizarres, j'ai noté son laïus.

– Nous progressons. Faute avouée est à moitié pardonnée, dit le proverbe. Qu'as-tu fait ensuite, enquêta Le Poulpe ?

– Si vous connaissiez mon père, vous poseriez pas cette question. J'ai entendu à la télé un mec dire à son patron *vos désirs sont des ordres*. C'est pareil pour papa ; alors, ses ordres, vous pensez. Il faut pas le forcer pour que ça vole bas.

– Donc, vous êtes partis ?

– Oui, Monsieur. Hein 'Nyme ? »

La cause semblait évidente ; elle aurait été plus évidente si on avait pu prendre connaissance des détails du document ; mais où était-il ?

« Et, bien entendu, quand votre papa vous a confié la fiole de produit et vous a appris ce qu'il fallait faire dire et faire à Hyperonyme, vous avez obéi sans discuter.

– Sûr. On avait échappé à une volée qu'on n'avait pas cherchée, on allait pas s'en prendre une qu'on aurait cherchée. »

Le Père Supérieur intervint :

« Allez attendre dans le bureau de ma secrétaire. Monsieur Lecouvreur, dit-il dès le départ des deux gamins, je constate avec tristesse que vos hypothèses étaient justes. Il serait désastreux, continua-t-il après en avoir délibéré à voix basse avec les autres Pères, que le sort de ces gamins soit confié à la justice humaine: la peine qu'ils encourraient risquerait de transformer en criminels ceux qui ne sont pour le moment que les exécutants inconscients d'une volonté adulte perverse et consciente.

– Aussi, conclut Le Poulpe, vous laissé-je volontiers la responsabilité de statuer sur leur sort. Je ne désire, pour ma part, châtier que leur père ; mais je crains que leurs simples aveux, qu'il prétendra à coup sûr extorqués sous la menace, le fassent rire en l'absence de preuves concrètes de ses motivations.

– Eh bien, Monsieur, bon courage. Mais si vous pouviez ne pas trop ébruiter l'affaire...

– Soyez sans crainte, je suis le chevalier blanc qui

travaille dans l'ombre à faire le jour. *Encore une fleur de rhétorique, se dit-il en sortant. J'ai besoin d'air plus terre-à-terre.* »

Chapitre XXV

Quand un Poulpe fait ses griffes.

Gabriel, affalé sur le comptoir de Délicia, méditait sur un paradoxe dont il n'entrevoyait pas la moindre faille : connaitre tout d'une affaire et n'en pouvoir rien faire. Il fallait au moins une preuve de ce qui était vraisemblablement à l'origine de tout : les tripotages de Palpassous.

Si seulement il avait pu, comme pour les *Jardiniers de l'âme*, s'introduire comme curiste dans la clinique, il aurait profité de son passage pour fouiner un peu partout. Malheureusement, il ne disposait plus de Pedro pour lui fabriquer une attestation sur mesure et, de plus, il y était déjà connu sous une autre casquette qu'il se réservait pour une deuxième visite moins amicale, une fois les preuves réunies.

Une intrusion, la nuit, aurait été possible, il l'avait déjà fait ailleurs. Mais le bon sens montrait l'inanité d'une telle démarche : découvert, il n'avait plus la possibilité d'utiliser son personnage d'inspecteur ; dans tous les cas, le papier compromettant devait avoir été détruit avec le plus grand soin.

« Eh bien ! Vous êtes tellement absorbé par vos pensées que vous ne m'avez même pas vu entrer, s'exclamait joyeusement le professeur de Lettres informaticien.

– Oui, très absorbé. Je vous prie de m'excuser : je ne savais pas comment retrouver un document ;

mais depuis un instant, je vois une solution.
– Je suppose que je suis inutile en ce moment ?
– Oui et non. Partageons un verre : non car c'est grâce à vous que j'ai eu une idée, oui parce que ce n'est pas vous qui me serez utile pour la mettre en œuvre. Encore que... Vous avez la possibilité de me créer une adresse électronique avec votre tablette ? Vous accepteriez de le faire et de me laisser consulter ma boîte mail une ou deux fois avant de supprimer toute trace de mon passage.
– Oui sur tous les points: je suis assez paranoïaque pour, craignant les intrusions informatiques, utiliser régulièrement un bulk eraser sur mon disque dur.
– *Si tu savais que ta paranoïa va m'aider à exploiter les résultats d'une intrusion, sourit Le Poulpe.* Je connais peu de choses en informatique.
– C'est un programme, qu'on appelle parfois un démagnétiseur. Après son passage, qui peut durer jusqu'à douze heures, le disque redevient vierge, comme neuf. Plus aucune polarisation n'...
Mais je m'égare dans des détails techniques sans intérêt pour vous. Je vais vous créer un compte chez gmail à ?
– polypus_immaculatus
– Ça va de soi ; et mot de passe ?
– 2000_40_scandularius.
– Pas très prudent tout ça, avec votre nom ou presque en finale. Enfin, si vous y tenez... Voilà, c'est fait. Je passe ici tous les midis pour déjeuner. »
Le Poulpe mobilisa le téléphone un bon moment,

d'abord en conversation avec Gérard :

« Allô, Gérard ? Tu m'as bien dit que ton neveu avait une copine en thèse d'informatique ? *Inutile de lui dire que je la connais, et d'assez près, mais que j'ai perdu son numéro de téléphone.*
– Oui, Vanessa ; tu as besoin d'elle ?
– Demande-lui de me rappeler *Chez Délicia* au 02 54 22 22 22.
– Tu ne vas rien lui demander d'illégal ?
– Mais non ; pas plus en tout cas que quand elle m'a montré que j'étais inconnu des fichiers du fisc. Mais c'est pour la bonne cause et ta livraison de bières locales dépend de la réussite de son intervention : ce sera une frappe ponctuelle et ciblée sans dommages collatéraux.
– Elle peut t'appeler quand ?
– Je reste ici jusqu'à la fermeture. »

Quelques heures plus tard, bien qu'un peu fatigué, il expliquait à Vanessa ce qu'il attendait d'elle :

« Une exploration détaillée du site de la Clinique Palpassous de Remise en Formes et du courrier électronique de tous les Palpassous qu'elle pourrait trouver, quel que soit leur prénom, en priorité Gratien ou Ange-Marie, avec éventuellement des variantes dans la graphie
– Comment veux-tu que je te refuse ?
– Peut-on te refuser quelque chose, minauda-t-il ?
– Coquin, va. Je t'embrasse et c'est dommage que ça reste virtuel. Tu auras tes résultats demain matin, promis ; pas au téléphone, parce que je travaille toute la matinée avec mon directeur de

thèse, sur les moyens, justement, de se prémunir contre les intrus comme celui que je vais jouer pour toi. Au fait, je te les envoie à quelle adresse électronique ?
- P minuscule...
- Non, laisse-moi deviner. »

CHAPITRE XXVI

Verba volant, computata manent.

Le lendemain, après une nuit agitée par des coiffeuses roumaines informaticiennes qui venaient à tour de rôle lui faire goûter leur bière, il émergea un brin pâteux et se hâta d'aller voir si les croissants de Délicia étaient à son goût. Il fut bien surpris de voir les tables préparées pour le repas de midi et le responsable de son cyber-café personnel déjà attablé.
« Bonjour. Quelle heure est-il donc ?
– Presque une heure de l'après-midi.
– Alors, dit Le Poulpe, j'ai peut-être du courrier.
– Mangez d'abord. On évitera ainsi la graisse partout : c'est des tripoux à l'auvergnate aujourd'hui. »
Le repas fini, Gabriel put ouvrir sa messagerie et y trouva le texte que lui avait envoyé Vanessa,
« Il n'a pas été difficile de mettre la main sur la messagerie électronique de tes clients. Pour la plupart de leurs messages, ils se bornent à les lire et à les archiver. Vu ce que j'y avais trouvé, je n'ai jeté qu'un coup d'œil sur les supprimés qui n'apportent rien de nouveau et que je ne t'envoie donc pas. J'ai aussi consulté l'historique des consultations de leur machine : un peu plus difficile pour y pénétrer, mais mon petit programme en est venu à bout. Tu trouveras en fichiers attachés des lettres de fournisseurs, des commandes passées par Palpassous, une liste de sites visités, et les relevés de compte en banque de la punaisière que tu fréquentes en ce moment. »

« Je vais encore abuser de vous, mais qu'est-ce que ces fichiers attachés ? »

Le prof s'empressa de faire une leçon démonstrative d'où il émergea plusieurs textes.

« Cher monsieur Palpassous,

Nous avons bien reçu votre commande de plantes médicinales. Nous tenons à vous signaler que notre société **DégrifMed** dispose pour une partie de ces produits de stocks importants et très avantageux, cueillis très récemment, la différence de prix pouvant atteindre 75% suivant l'origine, Japon, Nord de l'Ukraine, où les cueilleurs, qui travaillent toujours, même depuis les évènements, n'ont pas d'autre ressource. En faisant ce choix, vous feriez un geste avantageux pour vous et, pour eux, humanitaire.

Dans l'attente... »

« Cher monsieur Palpassous,

J'ai l'honneur de vous communiquer mes meilleurs prix pour les produits que vous avez sélectionnés sur le site Web de notre société **Génériment :**

Dans l'attente... »

GÉNÉRIMENT		
La deuxième vie des médicaments		
Produit	Prix en cours	Remise par année de stockage
Stéariphage	19,35 €	10,00%
Celluligomme	99,51 €	11,00%
Gant imprégné	127,00 €	25,00%

« Cher directeur,

Je vous confirme par la présente ma commande téléphonique de deux kilos d'orthosiphon japonais, et de deux kilos de piloselle ukrainienne.

Palpassous »

« Cher directeur,

Je vous confirme par la présente ma commande téléphonique de douze boîtes de Stériphage, si possible de date limite dépassée d'au moins trois ans.

Palpassous »

et quelques autres du même tonneau.

Le dernier document joint était une reproduction des signets du navigateur de Palpassous et de l'historique de ses consultations : médicaments, plantes médicinales, périmé, réduction, dégriffé... Génériment, DégrifMed, PharmaDiscount, ÉconoMed, LeMédQu'ilVousFautPourRien...

Le professeur avait ben sûr tout prévu et apporté son imprimante.

Les adieux furent brefs, mais définitifs, car Le Poulpe savait qu'il ne lui faudrait plus s'attarder s'il voulait rentrer entier à Paris.

« Faites attention à vous, dit-il, et souhaitons qu'ils ne sachent rien de votre rôle.

– J'ai demandé ma mutation. »

CHAPITRE XXVII

La commedia e finita.

Gabriel se présenta à la clinique porteur d'un maroquin débordant des tirages sur papier des divers documents que lui avait transmis Vanessa. Il commençait à expliquer la raison de sa visite :
« Ma secrétaire m'a envoyé par courrier électronique le dossier...
--Inutile de continuer à jouer ce rôle, cher **Mossieur** Lecouvreur. Vous n'avez jamais été envoyé ici par aucun ministère et vous ne vous appelez pas Planque.
– Mais enfin, je vous ai montré mes papiers !
– Des faux, très bien réalisés, il faut en convenir. Je me suis assuré de tout auprès du ministère que vous prétendez représenter.
Figurez-vous que mon téléphone dispose d'une mémoire des cinq derniers numéros appelés. Elle me sert usuellement pour dépister les employés malhonnêtes du Centre qui croient pouvoir ainsi appeler gratis et mes propres fils qui se vengent ainsi de n'avoir pas de téléphone portable.
Un coup d'œil m'a suffi, suivi d'un appel aux renseignements pour apprendre que vous aviez appelé une gargotte parisienne spécialisée dans le pied de porc. Je me suis assuré de la chose en y téléphonant pour réserver une table de douze personnes pour demain midi. Une sorte de rustre m'a

répondu que c'était complet midi et soir pendant une quinzaine, suite à la présence dun groupe folklorique auvergnat.

Cette confirmation aurait suffi ; mais je suis consciencieux et j'ai appelé *votre* ministère où, si les planqués sont nombreux et les planques assez chères, il n'y a pas de Monsieur Planque, Et s'il y existe des fonds secrets, comme partout, il n'en existe pas de la nature que vous dites.

Donc, avant que je recoure aux autorités, passez cette porte pour ne plus jamais la franchir : La commedia e finita.

– Vous ne croyez pas si bien dire, cher honnête escroc. Mais c'est *votre* comédie qui est finie.

Conseilleriez-vous à un collègue de se fournir auprès de la société **Génériment** ?

– Je ne la connais pas. J'achète mes produits auprès d'un répartiteur officiel.

– Ah bon, et cette commande se Stériphage auprès de Génériment ?

– Faite à mon insu, sans aucun doute. D'ailleurs le papier que vous me montrez n'est pas signé.

– Il porte votre empreinte électronique. Ceci ne serait que moindre mal, ce médicament périmé étant seulement inefficace : simple tromperie envers les gogos que vous exploitez. Mais ceci, dit-il, en brandissant la commande de plantes ! Ce sont des plantes qui ont été exposées à la radio-activité et qui sont dangereuses pour leurs cueilleurs comme pour leurs consommateurs.

– Mais où voulez-vous en venir ? Si vous étiez du

ministère de la Santé ou des Finances, je comprendrais que vous avez quelque chose à gagner en me dénonçant. Mais vous n'êtes rien.
- Disons que le plaisir de démasquer une fripouille de votre acabit, doublée, je le rappelle, d'un meurtrier, suffit presque à me payer.
- Vous ne voulez donc pas d'argent ?
- Suffit **presque** à me payer, ai-je dit.
- Combien voulez-vous pour ignorer cette affaire ?
- Combien avez-vous traité de curistes avec ces produits ?
- Je ne saurais dire exactement : au moins cinquante.
- Et quel est le tarif de la cure ?
- 1000 Euros par jour d'une cure de 21 jours, plus les frais d'hôtellerie, de lessive, de repassage.
- Vous avez donc touché d'eux 1000 * 21 *100, car je suis certain que vous sous-estimez le nombre de curistes : 21 000 000 €. Vous rembourserez à chacun 10 000 €. Pour moi, je vous ferai parvenir une facture de restauration de mon avion : le mécanicien lui fera une cure de 21 jours à 500 € par jour ; c'est un prix d'ami.
Le gargotier qui est un cuisinier de grande valeur va voir renouveler son stock de bières par diverses brasseries de cette région. Il va sans dire que les factures seront débitées sur votre compte.
Les sœurs qui n'avaient fait de mal à personne, et surtout pas à vous, en embauchant Luminita ont grand besoin qu'on remette leurs cuisines aux nouvelles normes.

Luminita refusera sans doute tout dédommagement, mais rien ne vous interdit de lui en proposer un.

Enfin, je vous donne quinze jours pour quitter cette ville que vous déshonorez, tout en laissant approvisionnés tous vos comptes bancaires et postaux. Au-delà, tout votre dossier sera transmis à la justice.

Comme vous le disiez si bien : La commedia e finita. »

Chapitre XXVIII

La famille de l'aviateur

Ayant délesté divers bien-pensants de l'argent mal acquis et quelques innocents des soupçons qui les accablaient, Gabriel prit le chemin du retour qui passait par Chateauroux.

Toujours à la recherche d'un débit proposant une bière qui lui plût, il parcourut les rues un peu à l'aventure, jusqu'à, de guerre lasse, ce qu'il franchisse la porte vitrée actionnant un grelot d'un bistrot qui n'avait pas subi les goûts rétro des décorateurs modernes.

La salle offrait quatre tables où se déchainaient des beloteurs de tout âge.

Les consommateurs adossés au comptoir se serrèrent pour lui faire une place tandis qu'une dame d'âge respectable lui disait de sa table :

« Tous les autres savent déjà à quelle table ils vont jouer. Marcel n'est pas venu ; quand je vais partir sortir ma meute, d'ici quelques donnes, vous pourrez prendre ma place si ça vous dit.

– Merci. En attendant, je vais explorer les trésors de la pompe à bière.»

Le choix était restreint mais tentant ; une munichoise dans une chope en terre fut l'entrée en matière.

La femme qui faisait le service n'avait pas un instant libre tant les commandes se succédaient rapidement. Le Poulpe était intrigué par ses allers-retours vers une arrière-salle d'où elle revenait porteuse de verres qui faisaient penser à des pintes de Guiness. N'y tenant plus, il l'appela et apprit qu'il s'agissait de La Noir de la Tour[22], brassée à Issoudun et tirée dans une vraie pompe à bière anglaise. Comment résister ?

Quelques pintes plus tard, il avait oublié qu'on l'attendait pour jouer à la belote quand on l'appela. Il accepta sous réserve qu'on lui permît de se restaurer en jouant : il venait de commander une assiette de charcuterie sans avoir demandé plus de précisions et découvrit avec étonnement les produits qu'on lui énumérait : « Langue écarlate maison, saucisson de Cracovie, Pastrami de Boeuf au poivre, poitrine d'oie fumée, kabanos de boeuf de la charcuterie Panzer[23]. »

Un peu surpris de la présence de tels mets, Le Poulpe osa demander la raison de ce choix.

« Mon père, répondit-elle, était un réfugié juif accueilli au Blanc par un couple de commerçants, bar-tabac-épicerie-casse-croûte, auxquel il apporta sa connaissance de diverses charcuteries, sans porc évidemment, qui connurent alors un franc succès en cette période de régime forcé sans graisse : le moindre oiseau qui passait à portée de lance-pierre devenait oie fumée. Un jour, jouant dans les fourrés voisins, nous vîmes dépasser deux jambes. Nos hôtes, informés, identifièrent bientôt en notre trouvaille un homme bien vivant, mais au baragouin duquel ils ne comprenaient goutte. Comme il était blessé, ils n'hésitèrent pas à le ramener à la maison pour le soigner. Mes parents reconnurent dans son charabia des mots de yiddish, mais avec un accent différent du nôtre ; nous apprîmes qu'il s'appelait John et que son avion, une forteresse volante, avait été abattu non loin de là et qu'il avait réussi à se traîner jusqu'à l'endroit où nous l'avions trouvé. Dès qu'il fut sur pied, il participa avec beaucoup d'enthousiasme à la préparation de la nourriture quotidienne. Son seul regret était de ne trouver à boire que la bière locale du Grillon. Il aurait mieux aimé une de ces munichoises qu'il avait connues par son ami Charles Lindbergh de retour de Munich. Soucieux avant tout de reprendre le combat, il réussit, avec notre aide, à quitter la France en passant par l'Espagne, promettant de revenir ; ce qu'il fit en 1971, apportant en cadeau un blouson d'aviateur qu'il avait échangé avec un aviateur républicain espagnol contre tout ce qu'il lui restait de cigarettes : privé de son avion, abattu par les franquistes, et sans espoir d'en retrouver un autre, celui-ci n'en avait plus l'emplo[24]i.»

Pendant tout cet exposé, Le Poulpe n'avait pu détacher ses yeux de ceux de son interlocutrice : ils lui rappelaient trop ceux de Norma qu'il avait laissée bien à regret à Juarez lutter pour que les femmes puissent y (sur)vivre.

Quant à elle, elle avait soutenu son regard. N'y tenant plus il s'aventura prudemment :

« Comment vous appellent ceux qui connaissent de vous une autre facette que celle de serveuse de bar ?

– Sophie, me dit-on en général, de face comme de profil. »

Des mains commencèrent à s'aventurer de part et d'autre

« La fermeture est à 23 heures. Où dors-tu, demanda-t-elle ?

— Dans la salle d'attente jusqu'au train pour Paris.

— Tu vas te retrouver au commissariat avec tous les sans-logis qui viennent à la gare chercher un peu de chaleur.Ton train est à 6 heures et la gare est évacuée à 2 heures. J'ai au premier une chambre d'amis, vide en ce moment. Vas-y te reposer. »

Gabriel était assez fatigué pour négliger pareille offre. Ignorait-il que le repos du guerrier passe rarement par les voies du sommeil ? Se prenait-il pour un guerrier ?

Sophie, sans un mot répondit à toutes ces questions.

Entre deux phases de repos, elle lui dit :

« Je t'ai dit beaucoup de moi ; j'aimerais garder de toi autre chose que le souvenir de ton corps. »

Le Poulpe lui expliqua alors son besoin d'éclaircir les noirceurs de la société où il vivait, son avion Polycarpov de la guerre d'Espagne et ses perpétuelles et coûteuses réparations, sa quête incessante de pièces détachées. Il ne lui tut même pas Chéryl.

« Moi aussi, comme tu as vu, je suis libre de toute attache. Je n'avais pas l'intention de te passer un collier, mais je veux te donner en souvenir le blouson que nous avait laissé John. Tu trouveras bien un moyen de l'expliquer à Chéryl. Va-t-en maintenant sans rien dire... pars comme si tu n'étais jamais venu.»

Home sweet bistro

Comprenne qui pourra.

« Tu as donc fait tes études à Nice, s'étonna Gérard ? Je croyais que tu avais été mayennais, puis parisien.
– Mais non, j'étais à Saint Grégoire de Nysse, à Évron.
– Je n'y comprends plus rien. Tu me fais penser au sketch de Raymond Devos :
Je demande à l'employé :
– Pour Caen, quelle heure ?
– Pour où ?
– Pour Caen !
– Comment voulez-vous que je vous dise quand, si je ne sais pas où ?
auquel je n'ai jamais rien pigé.
– C'est pourtant simple : **DE** Nysse, pas **À** Nice.
– Pourtant Saint Grégoire de Tours est à Tours, la ramena l'ouvrier plombier qui traînait au comptoir.
– C'est comme nous tous, reprit le Poulpe ; on est à Paris, mais on n'est pas de Paris. Prépositions différentes, sens différents.
– Si tu te prends pour Bernard Pivot, moi je capitule, gueula Gérard.
– La ville de Nysse n'existe plus, laissa tomber le prof de philo en retraite.
– S'il a fait ses études dans une boîte d'une ville inexistante, c'est pire que Fantomas, enchérit le plombier.

— Toi, brailla Gérard , arrête de m'embrouiller ; va plutôt faire quelques juteux dépannages express, tu pourras me payer ton ardoise. Justement, la Mère Michalou, au 32, cinquième étage à droite, vient de téléphoner ici : elle t'attend depuis une semaine pour sa boîte à chocolat qui fuit : elle est obligée de descendre jusqu'ici chaque fois qu'elle a un besoin et, comme elle prend juste un café, on ne peut pas dire que c'est rentable pour moi.

— Saint Grégoire de Tours, reprit le philosophe, s'appelle ainsi en hommage à l'évêque de Tours Grégoire, plus connu sous le nom de Saint Grégoire de Tours, entre autres pour son *Historia Francorum*.

— Y aurait-il aussi du grec, pour simplifier ?

— Justement Grégoire de Nysse écrivait en Grec.

— Ici, on n'est pas à Normale Sup ou au grand séminaire, explosa Gérard, entre colère et fou-rire! Heureusement que que vous ne passez pas vos commandes en latin ou en grec ; sans quoi vous risqueriez de mourir de soif avant que j'aie compris, et si je les comprenais, je moulerais les prix suivant la langue de la commande.

— Je moulerai mes dialogues sur le module de ceux de Platon, aurait pu dire Pierre Dac. Mais il vaudrait mieux que tu modulasses tes prix plutôt que tu les moulasses et même que tu les modérasses.

— Visitez le musée d'Athènes, intervint l'imbibé de service ; vous y verrez les...

— On est au courant pour Démosthène et Platon, merci, Amen, coupa le chœur Grégorien de Nysse réfugié à la Sainte Scolasse.

— Récapitulons donc, dit Maria qui venait de surgir de la cuisine, alertée par le volume croissant de la voix de son époux.

Si je comprends bien, dit-elle, tu n'as jamais mis les pieds à Nice, ni à Nysse.

— À la Bastille on l'aime bien Ninisse peau d'chien, éructa la trogne enluminée du plombier qui se débouchait la gargamelle au gros rouge européen.

— Toi, le poivrot, poivre-toi en silence, rugit Gérard, et laisse les grands discuter sérieusement. Alors, Gabriel, reprends ton exposé !

— Mon voyage a commencé à Évron, au *pensionnat Saint Grégoire de Nysse,* comme mes études, car je pensais que les cérémonies pour le père Lafraize auraient lieu dans cette ville. Mais le pensionnat a ouvert dans l'Indre une annexe dont le père Lafraize a assumé la direction jusqu'à son rappel dans les verts pâturages du Seigneur, comme ils disent.

Je suis donc allé jusque dans l'Indre, au prix de nombreuses difficultés ; Ce ne furent pas les funérailles d'antan, mais il fallut quand même supporter le discours de l'adjoint au maire chargé des questions religieuses, celui du délégué de l'Inspecteur d'Académie qui promit les palmes pour bientôt, celui des délégués de parents, un poème en latin écrit par ses élèves de première, l'oraison funèbre concoctée par le père Pierre Alexandre Bossut de Laume, avant de le voir porter en terre.

— Et tu as tenu tout ce temps dans une église à écouter tous ces trucs convenus ?

— Parce que c'était pour le père Lafraize, sans quoi j'aurais fait comme bien des mâles de mon enfance, je

serais allé attendre au troquet du coin.
– Et tu es revenu les mains vides ?
– Non, tu recevras par transporteur spécial une caisse de chacune des bières locales que j'ai rencontrées sur ma route.
– En port payé, j'espère ?
– Bien sûr, en cadeau des malodorants que j'ai démasqués en fouinant autour de ce décès que tous semblaient trouver anodin.
– Sauf toi. Et rien pour ton avion ?
– Si. En passant par Chateauroux, j'ai rencontré la fille d'un aviateur américain du temps de la base de l'OTAN. Collectionneur de souvenirs d'aviation, il les lui avait légués. Et elle m'a donné un blouson d'aviateur espagnol de l'escadrille *Malraux*.
– Gratuitement ?
– Tout ce qu'il y a de plus gratuit.
– Plus gratuit que gratuit, c'est comme plus blanc que blanc, philosopha le sophiste.
– Quel service lui avais-tu rendu pour la rendre si généreuse, insista niaisement Gérard ?
– Un service trois pièces, vomit le plombier, devant le silence du Poulpe.
– Je vais t'en servir un aller-retour, ça fera deux et les deux mains à la fois, ça fera trois, dit Gérard qui regrettait sa sotte irruption dans les non-dits amoureux du Poulpe.
– Et *loquaces muti sunt*, conclut Gabriel.
– Et *loquaces sine Te muti sunt*. Sans Toi, quand ils parlent, ils sont muets, a écrit Saint Augustin, précisa le philosophe.

– *Muti* soyez, dit Maria, Chéryl est devant la porte.
– C'est simple, enchaîna Gabriel, l'air de rien. Les propriétaires de l'hôtel de remise en forme voisin...»

Une tornade blonde envahit le Pied de Porc, faisant tourbillonner sa robe blanche et se scotcha au Poulpe.

« Es-tu en forme ?
– Laisse-le finir son récit, supplia Gérard. On croirait qu'il l'a piqué dans la presse à scandale, tant il a l'air impossible.
– En effet. J'ai moi-même eu du mal à y croire.»

Après avoir dénoncé les sœurs pour emploi au noir, ils ont tendu la main à une roumaine, Luminita, qu'ils employaient *charitablement* au ménage dans leur clinique. Celle-ci ayant découvert par hasard dans une poubelle des lettres, elle chargea son frère, Hyperonyme, de les confier au père Lafraize, son prof de latin. Le bon père s'en ouvrit à sa hiérarchie qui lui enjoignit de garder le silence sur ce point. C'était compter sans Hyperonyme qui avait lu et compris les lettres : il s'agissait de commandes discrètes à l'étranger de médicaments contrefaits, de plantes médicinales au rabais en provenance de zones radio-actives, j'en passe et des pires. Il en parla à un de ses vagues copains, René Lastuce, comme d'une bonne blague ; celui-ci, qui avait promis de ne pas le répéter, le raconta à un seul de ses amis, Paronyme Palpassous, fils du propriétaire de la clinique amaigrissante ; i*l ne savait pas, dit-il, d'où provenaient ces papiers,* mais Paronyme n'eut pas un instant de doute.

L'alerte était de taille : si le père Lafraize parlait, un contrôle sanitaire de la clinique en marquerait la fin. Si le petit rom répétait ce qu'il savait, le risque était le même. Il fallait s'assurer du silence des deux. Mais qui serait l'exécuteur ? Par chance, Paronyme pensa au duo formé par les jumeaux Lamusette qui avaient pratiqué un racket aux devoirs sur lequel on s'était tu jusqu'alors. Ils seraient chargés de mélanger au café que, à chaque récréation, l'un d'eux allait chercher pour le père Lafraize, un produit aux effets certains et rapide, la clinique n'en manquait pas. Pendant la période de perte de mémoire et de volonté du père, ils lui soutireraient les papiers compromettants. Le Père oublierait tout et les vaches à lait pourraient continuer à venir brouter sur les paturages de la clinique. Les jumeaux protestèrent qu'ils seraient aussitôt soupçonnés. L'idéal serait d'employer une victime toute désignée, le petit rom responsable du scandale.

Le bon docteur convint de l'opportunité d'un pareil choix en même temps qu'il ne voyait pas comment obtenir de lui un tel service. Un de ses fils eut une inspiration qui fut acceptée sans discussion :

Quand le porteur de café arrivera au pied de l'escalier, il aura un malaise et son frère demandera à Hyperonyme de finir de porter le café pendant qu'il conduira son jumeau à l'infirmerie. Alibi pour les deux. Et culpabilité assurée pour le rom qui sera, au mieux, expulsé. Et, pour inhiber la mémoire d'Hyperonyme, ils lui auront fait absorber auparavant quelques gorgées d'une de mes compositions rafraîchissantes et thérapeutiques.

Ce qui fut fait et aurait parfaitement obscurci les choses. Cependant, il n'était pas question de meurtre:

un des gamins, pour rire sans doute, a forcé la dose dans le café.

– Et ils ont avoué et été punis, s'enquit le philosophe ; sans aller jusqu'au talion, ils méritaient tous un chatiment.

– Non, dit Gabriel. Tous les coupables ont payé. Les pères ont préféré taire l'affaire pour ne pas entacher la réputation de leur école. Les fils du docteur ont été déplacés et la clinique continue.

– Heureusement mon Poulpe était là pour tirer les bons fils de cette toile sordide.

– C'est vrai qu'un Poulpe avec ses tentacules fait penser à une toile d'araignée, voulut conclure le philosophe.

– Laissez-moi juge, dit Chéryl, embarquant son Gabriel vers des lieux peuplés de Marylyn, de coussins et de délices. »

Références

Il est conseillé dans l'Écriture de rendre à César ce qui est à César. Que soient ici remerciés pour leur participation involontaire ceux dont j'ai utilisé un produit ou un ouvrage.

Quelques traductions depuis ou vers le Roumain ont été trouvées via Internet.

Les traductions du Latin au Français sont de moi.

1 L'abbé Petitmangin, professeur au Collège Stanislas jusqu'en 1937, produisit entre autres une réputée grammaire latine.

2 Ambo : authentique eau minérale gazeuse, éthiopienne, il va de soi.

3 Il faudrait dire Côtes d'Auvergne Chanturgues pour désigner ce vin qui est produit réellement sur un terroir minuscule près de Clermont-Ferrand.

4 Authentique : dans le lycée où je sévissais, un élève apporta un jour une telle dispense signée d'un médecin qu, pourtant,i n'était pas son père !

5 Pierre Teilhard de Chardin Le Phénomène humain, 1965 p. 137

6 Authentiques bières locales.

7 Évangile de Matthieu 6, 1-17

8 Traduit de: Gems and Jewels Compiled by: Abdul-Malik Mujahid Publisher: Maktaba Dar-us-Salam ISBN: 9960-897-59-1 Page 109

9 Authentique : il existe la SABA ; la CABA, qui est une filiale de Keolis, exploite commecialement la ligne Salbris - Lucay le Mâle.

10 Renseignements collectés sur le site Web de Notre Dame de Pellevoisin : http://www.pellevoisin.net/

11 Quel gardien périt en moi ! Inspiré de Qualis artifex pereo ! Attribué par Suétone à Néron.

12 Quel âne perdure !

13 Maintenant, mort, que ferai-je?
Long sera le temps de ma mort
En compagnie d'autres morts qui me sont étrangers
Puisque j'ai franchi ma sortie.

(traduction approximative de ce que je pense qe voulait être le texte des élèves.)

14 Guillaume Apollinaire.- Lettres à Madeleine p 411.- Paris, 2005, Gallimard, Folio 4428

15 Jean-Bernard Pouy.- éd. Baleine, 1996

16 Nouvelle République, 07/05/2013.

17 Authentique, mais dans une autre ville.

18 Authentique seul fabricant français de cigares.

19 La distillerie existe à 67 350 UBERACH.

20 Tous ces renseignements sont abrégés et synthétisés de Wikipedia.

21 Je n'ose pas prendre CQFD à Léo Mallet qui en fit triompher Nestor Burma.

22 L'Atelier de la Bière existe réellement à Issoudun et propose une variété de bières, majoritairement dans le goût anglais.

23 26 rue des Rosiers 75004 Paris

24 L'existence de John et quelques éléments de ce récit sont attestés par la Revue des amis du Blanc et de sa région : article de Michel Delaume.